Somebody Perfect?
Traummann mit Fehlerm

Gibt es die perfekte Liebe?

Ausgerechnet in ihrer Hochzeitsnacht entdeckt Lisa starke Gefühle für ihren alten Sandkastenfreund Raphael. Aus der bekannten Vertrautheit entwickelt sich in dieser Nacht ein überraschend intensiver Moment, der sie fortan nicht mehr loslässt. Doch Raphael besitzt den Ruf eines unterkühlten Womanizers; er ist nicht nur außergewöhnlich schön, sondern auch hochbegabt. Ihre Wege verlaufen zwar anschließend getrennt, doch beide müssen immer wieder an diese besondere Begegnung denken. Dann erfährt Lisa, dass Raphael etwas anders tickt. Gibt es jetzt doch noch eine Chance für ihre Liebe?

Liebesroman mit einem Asperger-Autisten als Helden. Eine junge, ungewöhnliche Liebesgeschichte, mit Witz und Tiefgang.

Nominiert für den Skoutz-Award 2017.

Alica H. White kommt aus Norddeutschland und lebt im Rheinland. Sie liebt gute Liebesromane und das Bauchkribbeln, das sie auslösen können. Ihre Romane sind mit viel Herzblut geschrieben, sehr gefühlvoll, manchmal witzig oder auch frech. Das Ganze gewürzt mit einer guten Portion Erotik, einer Prise Tiefgang und einem Happy-End.

Alica H. White

Somebody Perfect?

Traummann mit Fehlern

Bibliografische Information der Deutschen
Nationalbibliothek:
Die Deutsche Nationalbibliothek verzeichnet diese
Publikation in der Deutschen Nationalbibliografie;
detaillierte bibliografische Daten sind im Internet über
http://dnb.dnb.de abrufbar.

Cover: © Kooky Rooster

Herstellung und Verlag:
BoD – Books on Demand, Norderstedt

ISBN: 9783746059389

Es scheint, dass für Erfolg in der Wissenschaft,
oder in der Kunst, ein Schuss Autismus erforderlich ist.

Hans Asperger

Kapitel 1 ~ Lisa

Das ist er nun, der glücklichste Tag in meinem Leben ... Ich stehe etwas abseits des Trubels meiner Hochzeitsfeier, richte meinen Busen im eleganten Hochzeitskleid, und sehe ihn mir an. Alexander, meinen frischgebackenen Ehemann, meine Jugendliebe, mein erster und einziger Liebhaber. Wunderschöne blaue Augen, kurze, blonde Haare, selbstbewusstes Lächeln. Nicht zu vergessen, die sportliche Fußballerfigur!

Er sieht nur kurz zu mir rüber, lächelt mir zu und führt dann die angeregte Unterhaltung mit seinen Freunden fort. Na toll! Noch nicht einmal einen Tag verheiratet, und schon wird man vernachlässigt!

Wir sind ein Paar, seit wir sechzehn sind. Der beste Sportler und das Mädchen mit dem üppigsten Busen im Dorf. Für meinen Mann müssen Frauen eine ordentliche Oberweite haben. Das war damals eines seiner obersten Auswahlkriterien, hat er mir kürzlich verraten. Natürlich waren alle Mädchen im Dorf hinter ihm her, aber mich hat er geheiratet. Mich!

Viele Leute behaupten, ich bin eine Schönheit. Im Prinzip ist mir das egal, denn ich bin nicht der eitle Typ. Alex hingegen ist es wichtig, wie sich die Frau an seiner Seite präsentiert. Für ihn, und nur für ihn, habe ich deshalb extra ein Hochzeitskleid gekauft, bei dem er sichtbar den Atem angehalten hat. Figurbetont, cremefarben, trägerlos, pusht und betont es meinen Busen kolossal. Der schlichte Schnitt ist wie gemacht für meine Wespentaille.

Meine beste Freundin Johanna rauscht in ihrem roten Ballkleid auf mich zu. Sie legt kumpelhaft einen Arm um meine Schulter, zieht mich zur Seite. »Nette Party, Lisa!«, raunt sie mir mit ihrer tiefen Stimme ins Ohr. »Hast du Raphael gesehen? Mein Gott, was ist das für ein heißer Feger geworden! An der Uni soll er auf jeder Studentenparty eine andere Frau abgeschleppt haben. Wie man sich erzählt, ist er auch äußerst gut bestückt. Wenn du verstehst, was ich meine. Ob er mich mal nachmessen lässt? Mein Gott! Ich hab ganz schön was intus! Das macht mich immer so hemmungslos«, kichert sie. »Wo ist unser Adonis überhaupt?«

»Lass das bloß nicht deinen Kevin hören!«, erwidere ich kopfschüttelnd.

Unser Hochzeitsfest findet in der Kneipe meiner Schwiegereltern statt. Ein traditionsreiches Gebäude, mit Fachwerk und zahlreichen Veranstaltungsräumen. Es liegt direkt an unserem idyllischen See, den man wunderbar mit einem Spaziergang umrunden kann. Sogar ein paar Zimmer kann man hier mieten. Meine Eltern haben sich nicht lumpen lassen und eine große traditionelle Hochzeit für das ganze Dorf ausgerichtet.

Solch eine Feier ist natürlich berauschend, im wahrsten Sinne des Wortes. Inzwischen merke ich den Alkohol ganz schön. Ein bisschen frische Luft wird da sicher Wunder wirken. Ich greife mir eine Flasche Wasser und gehe nach draußen, vor die

Kneipentür. Der Lärm der Feier hallt gedämpft nach, Grillen versuchen, ihn zu übertönen. Die Augustnacht ist lau.

Ich atme einmal tief durch und genieße den Duft des beginnenden Spätsommers. Fast automatisch lasse ich den Tag Revue passieren. Und sofort erscheint die Begegnung mit Raphael vor meinem inneren Auge. Ich habe es Johanna natürlich nicht verraten, aber diese Begegnung hat mich geradezu geflasht.

Raphael war unser Nachbarskind. Dass er zur Feier gekommen ist, freut mich besonders. Wir haben uns jahrelang nicht gesehen. Er hat sich sehr verändert, sieht einfach fantastisch aus. Groß und breitschultrig stand er vor mir, einfach atemberaubend. Mit einer faszinierenden Aura, wie sie schöne und kluge Menschen oft umgibt. Mein Jugendfreund ist nämlich hochbegabt. Er hat Medizin studiert und arbeitet in der Forschung.

Ich wäre ihm am liebsten um den Hals gefallen. Aber er war schon immer etwas schüchtern. Seine muskulösen Arme bescherten mir ein Kribbeln im Bauch, als er mich unbeholfen in den Arm nahm. »Glückwunsch«, murmelte er lakonisch.

Ich versuchte, ihm in die Augen zu schauen. Einen Moment meinte ich, Traurigkeit darin aufblitzen zu sehen, bevor er den Blick senkte. »Danke«, gab ich zurück und ein merkwürdiges Gefühl stieg in mir hoch. Ich konnte nicht ganz den Finger darauflegen. Melancholie? Sehnsucht? Freude? Ein ziemlich merkwürdiges Gemisch.

Die Pause vom Trubel drinnen tut gut. Der Vollmond untermalt die Abendstimmung mit einer silbrigen Beleuchtung. Am Ende des Parkplatzes steht eine Gestalt, die rauchend auf den See blickt.

Ich erkenne die vertrauten Umrisse. Es ist Raphael, in der anderen Hand hält er eine Weinflasche. Er scheint mich nicht zu bemerken, als ich leise zu ihm gehe. »Solltest du für deine Patienten nicht ein besseres Beispiel sein und mit dem Rauchen aufhören?«, frage ich belustigt.

Raphael zuckt zusammen, dann dreht er sich zu mir um und grinst mich an. »Wohl wahr«, antwortet er und nimmt noch einen Zug von seiner Zigarette. »Ich brauchte ein bisschen frische Luft.«

»Ja, die Luft ist hier so sauber und frisch, dass man es kaum ertragen kann«, gebe ich grinsend zurück.

Er sieht mich fragend an. Hat er etwa die Ironie nicht verstanden?

Bevor er seine Weinflasche wieder verkorkt, nimmt er noch mal einen kräftigen Schluck.

Ich sehe ihn mir noch einmal genau an, meinen Sandkastenfreund. Irgendwann hat er sich zum echten Adonis entwickelt. Gehirnschmalz finde ich wichtiger als Muskeln, aber er bietet beides!

Von seiner italienischen Mutter hat er die klassische Schönheit geerbt. Seine großen dunkelbraunen Augen sehen mich gerade so sanft an. Sie sind umrahmt von Wimpern, für die Frauen töten würden. Mutter Natur hat ihn wahrlich reich beschenkt. Dazu noch die göttlichen dunklen Haare mit leichten Wellen, durch die man so gerne wuscheln möchte.

Von seinem Vater hat er die eindrucksvolle Statur mitbekommen. Aus dem Lulatsch, der mit dem Fußballspielen aufhören musste, weil er seine langen Gliedmaßen nicht koordiniert bekam, ist ein echtes Eye-Candy (inklusive Knackarsch) geworden.

Wir haben unseren Hochzeitstanz unter einem gefüllten Ballon abgehalten. Raphael hat ihn angestochen und Glitter regnete daraus auf uns herab. Dabei rutschte sein Hemd aus der Hose. So konnte ich einen Blick auf das beeindruckende Sixpack werfen, das seinen Anblick perfekt macht. Er muss jede Menge Sport machen, so ein Sixpack ist harte Arbeit.

Ich stelle ihn mir gerade nackt vor. Einfach zum Niederknien! Wann ist diese Wandlung passiert?

Raphael hat immer noch diese schüchterne, melancholische Ausstrahlung wie damals. Zusammen mit seiner Schönheit gibt ihm das etwas Geheimnisvolles, extrem Anziehendes. Ich mochte diese zurückhaltende, ruhige Art schon immer. Möglicherweise hat sie auch meine Beschützerinstinkte geweckt.

Er drückt seine Zigarette aus. Ich muss schlucken, als er mich ansieht. Ein seltsames Prickeln durchzieht meinen Körper. Ich widerstehe dem Drang, ihn in den Arm zu nehmen und frage stattdessen:

»Wollen wir ein kleines Stück spazieren gehen?«

Er nickt nur kurz.

Wir setzen uns in Gang. »Lass uns zu unserem alten Platz marschieren und ein bisschen reden.«, schlage ich vor. »Wir haben uns so lange nicht gesehen.«

»Okay«, antwortet er und bleibt an seinem Auto stehen. Er öffnet den Kofferraum und holt eine Picknickdecke heraus.

Raphael wohnte im Nachbarhaus, war früher oft bei uns. Nein, eigentlich waren wir erst mal oft bei ihm, denn er kam fast nie von sich aus. Seine italienischstämmige Mutter hat gerne lecker Pizza und Pasta gekocht, wir waren dabei immer willkommen. Sie hat es geliebt, wenn die Bude voll war. Sein Vater war ein eigenbrötlerischer Sonderling, aber mit Raphael hatte er ein inniges Verhältnis. Als Ingenieur hat er mit ihm ziemlich viel gebaut und gespielt, als wäre er selbst ein großes Kind. So haben sie viele, viele Stunden zusammen verbracht.

Wir drei, Raphael, mein Bruder Lukas und ich, haben immer zusammen unsere geliebten Fantasy-Serien angesehen. Man konnte mit Raphael nicht nur Lego oder Playmobil, sondern sogar Mutter-Vater-Kind spielen. Zumindest so lange, bis Lukas aufgetaucht ist und ihn zum Fußball abgeholt hat. Dabei war er nie besonders geschickt bei dem Sport, liebte aber die Bewegung.

Später hingen mein Bruder und er ständig vorm Computer herum und haben programmiert. Was sie da programmiert haben? Keinen Schimmer ... Ich kann mir auch nicht vorstellen, was man daran interessant finden kann.

Lukas hat sein Hobby zum Beruf gemacht und Informatik studiert. Ich glaube, er war immer etwas eifersüchtig, wenn wir zusammen gespielt haben. Aber Mutter-Vater-Kind, das ging für ihn gar nicht.

Schweigend laufen wir ein Stück nebeneinander her, während die Grillen für die Hintergrundmusik sorgen. Raphael marschiert ziemlich schnell. Ich muss stramm laufen, um mitzuhalten. Ob er deswegen nichts sagt? »Wie geht es dir so?«, frage ich, um ein Gespräch zu starten.

»Gut«, antwortet er.

»Wie kommst du damit klar, wieder hier zu sein? Die Erinnerungen, tun die weh?«

»Ich komme klar.« Wieder so eine lakonische Antwort, die ich ihm nicht ganz abnehme ...

Denn unsere Kindheitsidylle war dahin, als Raphaels Vater an Bauchspeicheldrüsenkrebs erkrankte. Das ist praktisch ein Todesurteil. Ich glaube, deshalb wollte er auch Medizin studieren und Onkologe werden.

Er fing an, sich zurückzuziehen, und wie verrückt für das Abi zu lernen, um den Medizin-Numerus-Clausus zu schaffen. Bei seiner Intelligenz war das auch kein Problem, natürlich schaffte er die 1,0. Zu diesem Zeitpunkt war er noch dünn und pickelig.

Er verschwand zum Studium und meldete sich bei uns nicht mehr. Nur Lukas war mit ihm noch in Verbindung, da sie an derselben Uni studierten.

Seine Mutter hatte nach dem Tod des Vaters angefangen zu trinken. Drei Monate nach seinem Auszug nahm sie Schmerztabletten zusammen mit Alkohol ein. Die Tablettendosis war sehr niedrig. Vielleicht wollte sie sich gar nicht umbringen, aber sie erstickte an ihrem eigenen Erbrochenen. Eine wirklich tragische Geschichte, die mich noch heute traurig stimmt, wenn ich daran denke.

In Deutschland hat Raphael jetzt keine Verwandten mehr. Seine Mutter hatte alle Kontakte zu ihrer Familie abgebrochen, nachdem sie den merkwürdigen Deutschen geheiratet hatte. Und dann ist sie ihm auch noch nach Deutschland gefolgt ... Das muss ein Skandal in der Familie gewesen sein.

Mein Jugendfreund läuft immer noch mit diesem hohen Tempo. Langsam geht mir die Puste aus. Warum sagt er nichts? »Können wir ein bisschen langsamer gehen? Dieses Tempo ist ungemütlich.«

»Ja ... klar«, murmelt Raphael und reduziert die Geschwindigkeit. Wieder so eine lakonische Antwort, danach folgt erneut Schweigen im Walde ...

»Hör doch mal auf zu sabbeln«, provoziere ich ihn mit einem Grinsen. Als ich ihn ansehe, kann ich regelrecht erkennen, wie es hinter seiner Stirn arbeitet. Hat er diesen Witz etwa auch nicht verstanden? Noch ein paarmal versuche ich ein Gespräch zu starten. Aber er scheint partout keinen Small-Talk führen zu wollen, also schweigen wir weiter.

Bei dem Tempo haben wir die Stelle, an der wir als Kinder oft gebadet und gespielt haben, natürlich schnell erreicht.

Raphael breitet die Decke aus. Wir setzen uns hin. Jetzt taut er endlich auf. Wir unterhalten uns ein wenig über unsere Kindheit, lachen über Anekdoten von uns und unseren Freunden. Dabei trinken wir abwechselnd aus seiner Weinflasche. Irgendwann entsteht eine kleine Pause und wir blicken beide auf den See.

Der Vollmond spiegelt sich darin und macht ein zauberhaft silbriges Licht. Ab und zu fährt ein warmer Windhauch durch die Blätter der großen Pappeln, die am Seeufer stehen. Ein leises Rauschen, das die Nachtstimmung romantisch untermalt. Was für eine angenehme Stimmung. Unser Gespräch ist so vertraut, ein bisschen wie nach Hause kommen.

»Eigentlich waren wir ja verlobt«, sagt er plötzlich zu mir.

Überrascht sehe ich ihn an, aber er weicht meinem Blick aus. Ja, als Kinder hatten wir uns einmal feierlich verlobt. Ich hatte ihn damals ja so lieb! Im hellen Mondlicht wirkt sein Blick eindringlich. Man könnte fast meinen, er meint es ernst.

Schon wieder überkommt mich der Drang, ihn in den Arm zu nehmen. Jetzt bildet sich auch noch ein kleiner Knoten in meiner Bauchgegend, denn er wirkt auf einmal traurig.

»Warum bist du nach der Beerdigung deiner Mutter so schnell verschwunden?« Er hatte sich damals einfach so zurückgezogen und nie wieder ein Wort von sich hören lassen.

Ein melancholisches Lächeln erscheint auf seinem schönen Gesicht. »Mir war auf einmal alles zu viel, ich hatte einfach keine Lust mehr.« Nachdenklich reibt er sich über die Stirn. »Ich wollte euch nicht mit meiner Trauer belästigen.«

»Wir hätten dich unterstützen und trösten können«, erwidere ich und schlucke den Kloß in meiner Kehle runter.

»Hättet ihr das denn gewollt?«, fragt er, man könnte fast meinen, erstaunt.

»Natürlich, schließlich gehörst du doch praktisch zur Familie!« Ich sehe ihn an, jetzt reibt er sich mit Daumen und Zeigefinger über die Augen. Mein Bauchknoten wird immer größer, als er mich wieder so fragend ansieht.

Warum möchte ich ihn nur die ganze Zeit in den Arm nehmen?

Zögernd lege ich die Hand auf seinen Arm und streife sanft darüber. Diese Berührung wirkt auf mich elektrisierend, er zuckt ganz leicht mit dem Arm. Wieder entsteht eine Pause, in der wir schweigend auf den See blicken. Eine merkwürdige Stimmung ist zwischen uns entstanden. Mein Mund wird immer trockener, ich schlucke.

Atmen Lisa, Atmen!

Er blickt mich an, unsere Blicke verbinden sich. Wie früher, schießt es mir durch den Kopf. Das alte Gefühl der Vertrautheit lässt mich etwas entspannen. Auf einmal fühlt es sich an wie eine magische Verbindung.

Jetzt brechen bei mir alle Dämme. Ich muss ihn einfach berühren. Sofort!

Vorsichtig nähere ich mich seinem Gesicht und küsse ihn zart auf die Wange. Ich bleibe lange dort, eigentlich zu lange. Er fühlt sich so gut an und schmeckt so gut.

Wie gerne möchte ich auch die schön geschwungenen Lippen küssen. Also löse ich mich und hauche einen zärtlichen Kuss auf seinen Mund.

Er versteift sich unter mir, aber irgendwie stört mich das gerade überhaupt nicht.

Ich kann jetzt nicht aufhören!

Das Prickeln verstärkt sich, jagt mir heiße Schauer durch den Körper. Mein Gesicht wandert weiter zu seiner Halsbeuge, auch da küsse ich ihn. Hmmh, er riecht so gut. Wie kann ein Mensch nur so gut riechen? Das müsste verboten werden ...

Ganz langsam, aber unabwendbar setzt mein Verstand aus. Alles Gefühl zieht in den Unterleib, implodiert dort zu einer Hitzewelle.

Wer sagt eigentlich, dass nur Männer mit dem Unterleib denken?

Als ich seufze, und mein Atem über seinen Hals streicht, springt auch Raphael an. Er umarmt mich, zieht mich an sich und küsst mich auf den Mund – leidenschaftlich. Mein Gott was für ein Kuss!

Ich stöhne leise. Es ist, als könnte sich eine Naturgewalt nur diesen einen Weg bahnen und es fühlt sich an, als hätte es schon immer so sein müssen.

Unser Atem wird schneller und schwer. Raphael stößt ein heftiges Keuchen aus, das mir direkt wieder in den Unterleib fährt und dort ein leichtes Ziehen verursacht. Sein leises Knurren, das darauf folgt, macht mich einfach nur an!

Ich fange an sein Hemd aufzuknöpfen, will seinen makellosen Oberkörper genießen. Hingebungsvoll küsse ich über den Hals nach unten, beiße sanft in sein Schlüsselbein.

Dieser männliche Geruch!

Meine Küsse wandern weiter über seine Brustwarzen. Ich sauge sanft daran und er stöhnt, fast qualvoll. Mein Unterleib antwortet mit glühendem Verlangen, lässt mich feucht werden.

Ob die Sache mit dem Riesenschwanz stimmt? Neugierig wandert meine Hand nach unten und findet eine beachtliche Beule.

Nur kurz blitzt mein Verstand auf. Was ist nur mit mir los? Es gibt für mich kein Zurück. Die Vernunft hat keine Chance mehr. Ich will jetzt einfach nur noch meine Leidenschaft ausleben ...

Nun erwacht auch Raphael aus seiner Bewegungslosigkeit. Er fackelt nicht lange, öffnet hinten den Reißverschluss meines Hochzeitskleides und befreit meine Brust. Ich kann sehen, wie sein Atem stockt, als ihm mein Busen entgegenspringt. Ein erregter Laut entfährt ihm und er bearbeitet beide Brüste leidenschaftlich mit seinen Händen.

»So schön«, murmelt er und saugt abwechselnd an den Brustwarzen.

Die Berührung lässt meinen Unterleib fast schmerzhaft zusammenziehen. Es ist reine Geilheit, die mich jetzt überfällt. Ich merke, wie sich unten noch mehr Feuchtigkeit sammelt.

Ungeduldig zerre ich an seinem Hosenknopf. Irgendwann schaffe ich es, seine Hose zu öffnen, umfasse seinen Schwanz. Er ist so groß wie Johanna behauptet und steinhart! Ich reibe nur ein paarmal darüber. Wieder dieses Stöhnen ...

Ich will dieses Gerät in mir haben!

Wie fühlt sich das an?

Mann, bin ich scharf auf ihn!

Soweit nötig, zerre ich seine Hose nach unten. Er hilft mir dabei willig. Ich raffe mein Kleid hoch, positioniere mich einfach über ihn und schiebe meinen winzigen Tanga beiseite. Mühelos nehme ich ihn in mich auf, bin ja klatschnass ...

Fast schmerzhaft ist es, das Riesending ganz in mir zu haben. Was für ein irres Gefühl!

Gierig reite ich ihn, meine Bewegungen sind ekstatisch und schnell.

Ich weiß, für einen Außenstehenden mag es aussehen wie ein Quickie, ordinäres Ficken oder Vögeln, oder so. Es fühlt sich aber nicht so an. Es fühlt sich an wie Verbindung ... Vereinigung ... erfüllend ... ausfüllend ... intensiv.

Tiefe Gefühle steigen in mir auf. Wir kennen uns schließlich fast unser ganzes Leben. Ich bin mir sicher, Raphael fühlt es auch.

Leidenschaftlich setze ich unsere Vereinigung fort. Ich beuge mich zu ihm runter, küsse ihn, er küsst meine Brust. Saugt an ihr voller Leidenschaft, macht mir einen Knutschfleck.

»Komm«, sagt er einfach, als wir beide kurz vor dem Höhepunkt sind.

Und wir kommen ... zusammen. Ich kann seinen zuckenden Erguss in mir fühlen. Mit einigen Bewegungen pumpt er nach, entleert sich vollständig.

Der Orgasmus ist wie ein Glücksrausch.

Tief befriedigt lege ich meine Stirn auf seine und atme erleichtert aus.

Mit Alex bin ich noch nie zusammen gekommen.

Doch postorgastisch setzt auf einmal mein Verstand wieder ein.

Was war denn das?

Tue sich bitte ein Loch auf, in das ich versinken kann!

Plötzlich überfällt mich ein tiefes Schamgefühl. Was habe ich da getan? Hastig stehe ich wieder auf und streiche das Kleid glatt. Ich spüre, wie mir der Beweis unserer Lust zwischen den Schenkeln herabläuft. Ein Beleg unserer Sünde.

Auch Rafael ist peinlich berührt ... glaube ich ... denn er zieht sich schnell die Hose wieder hoch und richtet sich die Kleidung.

Als ich meinen Busen im Kleid verstaue, fällt mir der Knutschfleck auf.

Oh je, wie soll ich das nur Alex erklären? *Ich hab dich in unserer Hochzeitsnacht betrogen?*

Gott sei Dank wird der Knutschfleck vom Kleid verdeckt. Raphael hilft mir, den Reißverschluss zu schließen. Ich schließe die Augen und bitte meinen Ehemann stumm um Verzeihung.

Schweigend eilen wir zurück, als könnten wir vor unserer Tat weglaufen.

Raphael wirkt vollkommen steif.

»Ich bin dann weg! Tschüss«, sagt er einfach, als er in seinen Wagen steigt. Der Motor startet, der Golf setzt zurück, wendet und rauscht einfach ab. Fassungslos starre ich ihm hinterher.

Ist das sein Ernst? Er kann doch jetzt nicht so einfach abhauen! Ohne darüber zu reden ... Was ist da gerade passiert? Was mache ich denn jetzt? Mann! Einfach Schwamm drüber? Fuck!

Ich kann nichts mehr tun. Es ist einfach geschehen ... Vorbei! Ist wohl das Beste, ich vergesse das Ganze. Mir bleibt ja sowieso nichts anderes übrig. Ja, Raphael scheint die Frauen wirklich reihenweise zu vernaschen. Fuck, Fuck, Fuck! Gefickt!

Ich setze, so gut es geht, mein War-was?-Gesicht auf. Dennoch habe ich das Gefühl, jeder kann es mir ansehen. Ich bin eine schlechte Lügnerin.

Mit flauem Magen gehe ich zurück in den Saal. Fast alle Gäste sind schon gegangen. Die Stimmung ist gesunken, der Alkoholpegel der Verbleibenden ist dafür dramatisch gestiegen.

Alex steht immer noch, oder schon wieder, mit seinen Fußballkameraden zusammen. Barbara, meine Friseurin und Schöpferin meiner Hochzeitsfrisur, steht mit ein paar anderen Fußballgroupies dabei.

Barbie, so wird Barbara wegen ihrer aufgespritzten Schlauchbootlippen und der dicken Schminkeschicht oft genannt, hängt mit einem bewundernden Blick an den Lippen meines Mannes.

»Oh mein Au...gen...stern, daa ... bissst du ja!«, lallt mir Alex entgegen. »Wo waarst ... du eigentlich?« Er schwankt bedenklich hin und her, als er versucht, mir ein Küsschen auf die Wange zu geben.

»Ich brauchte frische Luft. Raphael war draußen, wir sind ein paar Schritte ...«, *zu weit* entsteht zwangsläufig in meinem Kopf, »... gegangen. Ähm, ich hab immer noch Kopfschmerzen.« ... Oder so was Ähnliches. Ich sag ja, ich bin eine schlechte Lügnerin.

»Kopf...schmerzen?« Alex kippt nach vorn.

»Du ... wirst nüchtern, du mussst waas trinken«, wirft Justin mit alkoholgeschwängertem Blick ein.

Mein Gott sind die alle voll. »Keine Lust«, erwidere ich möglichst cool. »Ich glaub, ich muss ins Bett.«

»Bye Süsssse, dein Ehe...mann kommmtgleich undmaacht dir den Hengst«, kichert Alex dümmlich. Seine leicht verdrehten Augen stieren auf mein Dekolleté.

Kennt ihr diesen französischen Film? Ein Klassiker, wir haben ihn neulich zusammen gesehen. Eigentlich ist Alex ja der Meister des Dirty-Talks ... Oh Gott! Alkohol zerstört wirklich Gehirnzellen, oder legt sie zumindest lahm.

Hoffentlich fängt er nicht auch noch an zu wiehern!

Ich drücke ihm ein Küsschen auf die Backe. »Hab noch Spaß«, schreie ich ihm gegen den Lärmpegel ins Ohr.

Und lass dir Zeit ...

Vollkommen erschöpft mache ich mich auf den Weg in unser neu ausgebautes Nest. Aus dem alten Stall des historischen Kneipengebäudes ist nach dem Umbau eine tolle Wohnung geworden. Hier wollen wir zusammen leben. Selbst an Kinderzimmer haben wir gedacht. Wir möchten so schnell wie möglich Kinder. Ich habe deshalb sogar schon die Pille abgesetzt.

Mein Kopf wummert jetzt wirklich. Die Bässe der Liveband wabern in meinem Gehirn nach. Außerdem fühlt es sich an, als hätte ich meinen Brautschleier noch immer auf dem Kopf.

Wo sind nur die Aspirin Tabletten?

Nötig sind mindestens zwei Stück, sicher ist sicher. Ich schnappe mir die Flasche und schenke mir ein Glas Wasser ein.

Auf dem gepolsterten Lederstuhl in meiner schönen großen Weißlackküche lasse ich den ›schönsten Tag in meinem Leben‹ noch einmal Revue passieren. Ja, so hatte ich ihn mir wirklich nicht vorgestellt.

Sollte man nicht vom Bräutigam auf Händen getragen werden?

Stattdessen hat er mich fast den ganzen Abend ignoriert. Ich musste mit allen Verwandten und seinem ekligen Onkel Georg tanzen, der seine Erektion schamlos an meinen Bauch gepresst hat.

Gott sei Dank hat mein Bruder Lukas mich erlöst! Danach habe ich mich, sozusagen als Höhepunkt des Abends, von einem anderen Mann vögeln lassen ...

Beim Gedanken an den Sex mit Raphael prickelt es noch einmal in meinem Unterleib.

Fuck! Was hat er sich nur dabei gedacht, mit mir zu schlafen und dann einfach so abzuhauen?

Egal, heute hab ich keine Kraft mehr, mir noch weitere Gedanken zu machen. Ich brauche jetzt wirklich eine Mütze voll Schlaf. Ohne mich abzuschminken, und vollkommen erschöpft, falle ich in eine Art Koma.

Alex torkelt irgendwann gegen Morgen ins Schlafzimmer. Ich wache zwar auf, stelle mich aber schlafen. Es ist gar nicht so leicht, einen regelmäßigen Atem vorzutäuschen, aber ich muss keine gute Schauspielerin sein: Er schafft es gerade noch, die Schuhe auszuziehen, dann fällt er mit Klamotten aufs Bett und beginnt, die Regenwaldabholzung zu forcieren. So hört es sich jedenfalls an.

Gott sei Dank bleibt mir die Hengstnummer erspart!

Kapitel 2 ~ Raphael

Mein Kopf liegt auf dem Auto-Lenkrad und ich schlage ihn immer wieder dagegen. Jetzt bin ich zwei Stunden nach Hause gefahren, obwohl ich ein Zimmer reserviert hatte. Ich habe außerdem zu viel getrunken, um noch fahren zu dürfen. Damit gefährdet man doch andere!

Gott sei Dank ist nichts passiert und ich bin nicht erwischt worden. Ich muss die ganze Zeit nachdenken. Meine Gedanken rotieren nur so. Neuronen wandern hin und her, versuchen sich zu sortieren. Ich bekomme einfach keine Ordnung in meine Gedanken ... Scheiße!

»Fuck! ... Fuck, Fuck, Fuck.«

Dann läuft im Radio auch noch das Lied ›Someone Like You‹ von Adele. Oh Mann, das spricht mir aus der Seele.

Jetzt habe ich bestimmt wieder einmal ALLES falsch gemacht. Dabei will ich doch immer nur alles richtig machen.

Was wohl in so einer Situation das Richtige ist? Das Richtige tun ... wie macht man das? Fuck, ich bekomme Bauchschmerzen. Da analysiert man Tag und Nacht. Überlegt, wie das richtige Verhalten aussehen könnte. Und dann so was ...

Wieder mal so ein irrationales Gefühlsproblem. So eine Sache, wo die sogenannte ›soziale Kompetenz‹

gefordert ist. Solche Kompetenzen denken sich doch nur Leute aus, die sonst keinerlei haben.

Allerdings, was den Umgang mit Gefühlen angeht, da bin ich ein völliger Versager. So viel habe ich schon begriffen.

Rätselhafter weise kommuniziert keiner seine wahren Gefühle. Ich selbst tue es nur, wenn andere einen Nutzen daraus ziehen können. Das macht die Sache für mich so schwer, denn meine Mitmenschen setzen voraus, dass ich ihre Gefühle einfach kenne. Keine Ahnung, wie die es machen. Ich stehe jedenfalls meistens hilflos davor.

»Scheiße! ... Scheiße, Scheiße, Scheiße.«

Und dann habe ich noch nicht einmal etwas dazu gesagt. Das hat Lisa bestimmt erwartet. Die Leute erwarten immer, dass man etwas sagt. Natürlich kommt von mir immer das Falsche.

Also ziehe ich die einzige Konsequenz daraus, die man ziehen kann: Ich sage gar nichts ...

Was soll ich auch schon groß von mir geben? Man kann etwas Unlogisches nicht logisch kommentieren. Außerdem muss ich eine Sachlage erst mal durchdenken, bevor ich etwas dazu sage.

Wenn ich sofort verkünde, was ich denke, verhalten sich die Leute rätselhaft ... oder sind beleidigt. Also muss ich sämtliche Aspekte analysieren und die logischen Schlüsse daraus ziehen. Meistens behaupten sie trotzdem, ich würde sie vor den Kopf stoßen. Sie wollen meine Gedanken oft nicht hören, denn sie mögen die Wahrheit nicht. Warum eigentlich nicht? Nur die Wahrheit bringt einen weiter und führt zu sinnvollen Handlungen.

Alles Ignoranten.

Sie sagen, ich nehme nicht genug Rücksicht auf die Gefühle der Mitmenschen. Ja, wenn ich die Gefühle kennen würde, dann könnte ich systematisch Bezug dazu nehmen. Aber die muss ich erst mühevoll aus allen verfügbaren Parametern analysieren, die da wären Mimik, Tonlage, Körpersprache, Handlungen. Es kommt auf jedes noch so widersprüchliche Detail an. Das ist fürchterlich kompliziert, aber erst nach erfolgreicher Bearbeitung sämtlicher Aspekte kann ich erahnen, was die folgerichtige Konsequenz ist.

Dennoch habe ich fast immer Angst, Fehler zu machen.

Eine Bestandsaufnahme zur Gefühlsanalyse braucht zudem Zeit. Wer hat schon zu viel davon? Da muss man Aufwand und Nutzen genau abwägen und das wiederum lohnt nur, wenn etwas wirklich wichtig ist.

Und Zeit stand bei diesem Vorfall mit Lisa eindeutig zu wenig zur Verfügung ...

»Shit! ... Shit, Shit, Shit.«

Wie konnte sie nur diesen Typen heiraten? So ein Primitivling! ›Baby‹ nennt er sie. Wie albern! Sie ist doch kein Baby. Und in Amerika leben wir auch nicht.

Ich hätte ihr sagen müssen, was für eine tolle Frau sie ist. Aber ich kann mal wieder nicht die richtigen Worte finden ... natürlich.

Früher habe ich ihr öfter mal einen Brief geschrieben ... und ihn dann wieder zerrissen.

Gegen Alexander komm ich sowieso nicht an. Früher schon gar nicht, denn ihn finden einfach alle Frauen toll. Ich frage mich wieso. Fußballer ... Na ja, nicht gerade meins. Wenn für jemanden der Spruch ›Wer nichts wird, wird Wirt‹ gilt, dann ja wohl für ihn. Aber eine große Klappe hat er ... da kann ich nicht mithalten. Ich bin doch nur der schüchterne Nerd.

»Mist! ... Mist, Mist, Mist.«

Und dann fängt sie an, davon zu reden, wie wichtig ihr Familie ist! Ich wollte immer eine Familie, Brüder und Schwestern, die ich nie hatte. Es war immer so schön, mit ihr zu spielen. Erinnert sie sich gar nicht mehr daran, dass wir uns damals verlobt haben? Auch eine mündliche Verlobung ist vor dem Gesetz gültig. Vielleicht waren wir noch zu jung, aber ich kann mich noch genau daran erinnern.

Sie ist etwas Besonderes für mich. Ihr Haar leuchtet in der Sonne, sogar im Mondlicht hat es gefunkelt. Sie ist die einzige Frau, bei der ich Augen und Gesicht sehe. Bei den anderen Mädels sehe ich immer nur einzelne Details, nie das ganze Gesicht. Und in die Augen sehen, das fällt mir besonders schwer, ich weiß auch nicht warum. Aber bei Lisa klappt das ... komisch.

Dann hat dieser dämliche Alex auch noch das Lied gespielt, James Morrison ›You Give Me Something‹. Den Song von der Platte, die ich Lisa damals geschenkt habe. Ich habe ihm verraten, dass sie dieses Lied mag. Es wäre ›ihr Lied‹, hat er auf der Hochzeit behauptet. Nein, es war ›unser Lied‹! Weiß sie denn nicht, dass es eine Bedeutung für mich hatte, damals? Das Lied hat ihr etwas sagen sollen! Ich kann meine Gefühle nicht so gut ausdrücken, über Musik fällt es mir leichter. Ich mag Musik, habe früher immer viel zusammen mit Lisa gehört.

Warum wollte sie Sex mit mir? Sex mit einem andern, das darf man doch nicht, wenn man verheiratet ist. Ich hab kein gutes Gefühl bei der Sache.

Obwohl ... der dämliche Alex hatte auch oft Sex mit anderen Frauen. Meistens mit dieser schrecklichen Barbie. Als ich noch beim Fußball war, wusste es jeder.

Ich fand es zum Kotzen und habe ihn mal darauf angesprochen. »Männer dürfen das«, hat er damals geantwortet. Warum sollen Männer das dürfen? Das ist nicht logisch!

Ich habe es sofort recherchiert. Die meisten Quellen sagen, dass man es nicht darf. In der Bibel steht es auch so. Allerdings glaube ich nicht an Gott, da sollte ich das mit der Bibel nicht so ernst nehmen.

Warum wollte sie Sex mit mir? Viele Frauen wollen Sex mit mir. Sie finden mich schön, sagen sie. Sie mögen meinen großen Penis, sagen sie. Immer wenn ich auf einer Party bin, kommt irgendeine und will Sex.

Ich brauche Alkohol, um auf eine Party gehen zu können. Und die Frauen wohl auch, um mich zu fragen. Meistens sagen sie es mir dann direkt ins Gesicht, dass sie Sex wollen. Das finde ich gut. Dann muss ich mir keinen runterholen. Echter Sex macht viel mehr Spaß, sogar mit Alkohol.

Zu viel Streicheln ist mir aber unangenehm. Deshalb sage ich vorher: »Ich bin nicht so der softe Typ, ich mag es gerne härter. Ist das in Ordnung?« Das habe ich so mal in einem Porno gesehen. Die meisten Frauen sind davon begeistert und dann gehts immer schnell zur Sache.

Manche Frauen wollen auch Kuscheln, Schmusen und Streicheln. So was mag ich nicht, jedenfalls nicht so viel. Ich werde dann immer ganz kribbelig. Bitte, bitte nicht so sanft und zart! Was finden die nur daran? Aber Küssen mag ich, immerhin. Darauf stehen die meisten Frauen.

Im Grunde weiß ich nicht, was die Mädels sich wünschen. Ich spiele einfach nur den richtigen Porno. Wenn sie anfangen, mich zu streicheln, greife ich ihnen an die Titten, spiele damit und sauge an den Brustwarzen. Alle mögen das, sie stöhnen dann immer. Stöhnen ist ein Zeichen, dass es ihnen gefällt. Ich mag große Brüste. Lisa hat schöne große Brüste.

Lisa ist einfach die schönste Frau, die ich kenne!

Nach dem Sex wollen die meisten Frauen noch schmusen. Das kann ich nicht ausstehen! Ich streichle sie lieber in der Löffelchen-Stellung, da kann ich den Abstand besser kontrollieren. Es ist wohl wichtig, noch zärtlich zu sein, damit sie sich nicht benutzt fühlen.

Tja, wer sich hier wohl benutzt fühlen muss?

Wenn sie mehr wollen, verschwinde ich. Darum nehme ich sie auch nie mit zu mir, dann kann ich abhauen, wenn mir die Schmuserei zu viel wird.

Sie fragen auch oft, warum ich gehe. Ich sage dann die Wahrheit, dass mir langweilig ist und ich etwas Besseres zu tun habe. Ich sage immer die Wahrheit!

Ich weiß mittlerweile, dass mich manche von ihnen deswegen für ein eiskaltes Arschloch halten. Sie haben es mir gesagt. In der Regel ist es mir egal, denn ich finde die meisten Frauen sowieso langweilig.

Manchmal habe ich den Verdacht, sie schließen aus meinem Verhalten, dass mir der Sex nicht gefallen hat. Aber das ist unlogisch. Ich bin doch gekommen. Außerdem: Wenn sie wissen wollen, wie mir der Sex gefallen hat, können sie mich danach fragen.

Ich verstehe die Frauen nicht!

Der Sex mit Lisa war jedenfalls klasse! Ohne viel Geschmuse und ohne Kondom. Ich hatte noch nie Sex ohne Kondom. Es fühlt sich viel besser an, intensiver. Es ist schön, mit ihr zusammen zu sein. Ich kann mich sogar mit ihr unterhalten. Normalerweise weiß ich gar nicht, was ich sagen soll, meine Themen sind für die meisten Frauen nicht so interessant. Aber bei Lisa hab ich das Gefühl, ich kenne sie schon ewig. Das trifft ja auch so zu. Mit ihr fühlt es sich an, wie Familie.

Meine Themen sind Medizin, Politik, Technik und alles, was mit Internet oder Computern zu tun hat. Ich mag auch Musik und Fantasy. Wenn ich mit Frauen zusammen bin, wollen sie sich meistens nicht über so was unterhalten, sondern über Gefühle und solchen Mist. Das kann ich einfach nicht. Ich verstehe diesen ganzen Kram nicht und die Mädels verstehen das wiederum nicht.

Ich verstehe die Frauen eben nicht!

Ich verstehe Menschen allgemein nicht. Ich muss mich regelrecht quälen, um ihnen ins Gesicht zu sehen, und dann bleibt mir ihre Mimik doch rätselhaft. Aber bei den Frauen ist es noch schlimmer: Wenn sie zum Beispiel weinen, sind sie nicht immer traurig. Sie weinen auch vor Glück. Da soll mal einer schlau draus werden ...

Deswegen achte ich auch genau auf die Stimme. Stimmlage und Lautstärke geben mir zusätzliche Hinweise. Das alles zu interpretieren, ist oft ganz schön anstrengend! Bin ich unsicher, wende ich mich ab. Was soll ich auch sonst tun?

Ich vermute, deshalb mögen mich Leute öfter nicht. Sie sagen, ich bin wie ein Holzklotz. Manche sind aber auch einfach nur dumm. Natürlich möchte ich gemocht werden, vor allem von Menschen, die ich selbst mag. Mögen sie mich nicht, werde ich depressiv und unsicher.

Meine Gedanken fangen dann an zu kreisen. Was ist denn jetzt schon wieder los? Was habe ich falsch gemacht? Habe ich mich schon wieder zum Vollidioten gemacht?

So wie jetzt.

Was kann ich nur dagegen tun?

Ich gehe nach oben und mache mir Spiegeleier. Dann lege ich wieder die CD auf, die ich auch Lisa geschenkt habe. Ich brauche jetzt Musik, um meine Gefühle zu sortieren.

»Fuck, Fuck, Fuck ...«

Zum gefühlt hundertsten Mal denke ich dieselben Gedanken ... Das ist völlig unrationell. Immer, wenn es um Gefühle geht, funktioniert mein Gehirn nicht effektiv. Ich hasse diese Ineffizienz. Da müsste der

Wirkungsgrad erhöht werden. Wenn mir nur jemand sagen könnte, wie man das macht.

Wie erhöht man die Produktivität von Gedanken über Gefühle? Das muss man doch steuern können. Wie machen das die anderen? Sie sagen, sie handeln aus dem Bauch heraus. Hat man schon einmal solchen Quatsch gehört? Bei mir hat der Bauch kein Gehirn.

Die Musik spielt und hilft mir, mich zu sortieren. Wut? Ja, das ist es! Wut auf mich selbst. Aber warum? Warum habe ich sie nicht einfach gefragt, weshalb sie den Sex wollte? Weshalb hat Lisa den Blindflansch geheiratet? Warum renne ich einfach weg, statt mit ihr zu reden?

Wieder einmal viel Stoff zum Überlegen. Hab ich wirklich alles richtig gemacht? Dafür muss ich allein sein, das müssen andere Leute wohl nicht so oft. Ob die nicht so lange nachdenken müssen? Und dann denke ich darüber nach, warum ich so viel nachdenke ...

Oft bin ich deswegen nervös und kann nicht so gut schlafen. So wie jetzt ...

Ich bin vollkommen erschöpft. Wozu tu ich mir menschliche Interaktion überhaupt an? Einen Computer und einen Internetanschluss, mehr braucht man zur Ablenkung und Unterhaltung sowieso nicht. Morgen muss ich wieder mal ein extralanges Workout im Fitnessstudio einlegen, um den ganzen Stress abzubauen ...

Kapitel 3 ~ Lisa

Die Aspirin-Tabletten helfen nicht gegen den Gefühlskater, der mir am nächsten Morgen gnadenlose Atembeklemmungen verursacht. Was habe ich da nur angerichtet? Werde ich mich je wieder gut fühlen?

Ich muss etwas gegen mein schlechtes Gewissen tun. Also bereite ich meinem frischgebackenen Ehemann ein Luxusfrühstück mit Rührei und Toast, frisch gepresstem Orangensaft, Aspirin und natürlich Kaffee. Wir lieben dieses aromatische Gebräu. Wie soll man sonst wach werden?

»Morgen mein Hengst«, begrüße ich ihn lächelnd mit dem Tablett in der Hand.

»Morgen Frau Schmidt«, begrüßt er mich heiser. Er fasst sich an den Kopf. »Oh Fuck, mir gehts gar nicht gut. Du bist so lieb. Aber ich habe im Moment wirklich keinen Appetit.« Er sieht mich leidend an.

»Vielleicht auf die Aspirin?«, frage ich und streichle ihm mitleidig über den Kopf.

»Höchstens«, antwortet er.

Brav schluckt er die Tabletten und lässt sich dann mit einem Stöhnen wieder ins Bett zurückfallen. Sein Gesicht ist käseweiß, erschöpft schließt er die Augen.

Ich drehe mich um und will wieder gehen.

»Das mit dem Hochzeitshengst holen wir nach Baby, Okay?«, krächzt er mir noch hinterher.

»Schlaf dich erst mal aus«, erwidere ich mit mildem Lächeln. Erstaunlich, dass er sich daran erinnert ...

Ja, er verträgt wirklich einen Stiefel, Kneipenkind eben. Nachdenklich gehe ich ins Wohnzimmer. Ich bin auch ganz schön angeschlagen und muss mir Ruhe gönnen.

Ich habe solche Lust, die alte CD von James Morrison, ›Undiscovered‹, zu hören. Meine Gedanken kreisen immer wieder um die Szene am See.

Wie kann man nur so verwirrt sein? Was sind das für Gefühle, die ich für Raphael habe? Was sind das für Gefühle, die er für mich hat? Hat er überhaupt welche für mich? ... Der Arsch!

Die nächsten Tage fühlen sich komisch an. Immer wieder sitze ich in meinem geliebten Ohrensessel und höre Musik. Der Ohrensessel ist von meiner Oma und ein rotes Tuch für Alex. Ich durfte ihn nur in die Wohnung stellen, weil er neu bezogen wurde. Immer, wenn ich dort sitze, muss ich an Raphael denken, an den Sex und meine überquellende Gefühlswelt.

»Kannst du hier nicht mal aufräumen?«, motzt Alex. »Hier sieht es immer aus! Was ist nur mit dir los.«

Erschreckt zucke ich zusammen und sofort meldet sich mein schlechtes Gewissen. »Ja, mach ich gleich«, murmle ich. Er hat ja recht. Ich kann mich einfach zu nichts mehr aufraffen. Diese Unordnung in der Wohnung ist nur Ausdruck meiner unaufgeräumten Gefühlswelt. Aber so kann ich ihm das wohl kaum sagen. »Mir geht es in den letzten Tagen nicht so gut«, antworte ich stattdessen.

»Ach deswegen bist du so abweisend. Dann geh doch mal zum Arzt«, sagt er und dreht sich um.

Eins ist klar, nicht nur ich bin distanziert.

Warum bloß? Egal! Mir solls recht sein, denn ich habe im Moment keine Kraft für eine Auseinandersetzung.

Alex studierte Wirtschaftswissenschaften, natürlich an einer Uni, die als leicht gilt. Vielleicht hat er es mit den Wirtschaftswissenschaften zu wörtlich genommen, jedenfalls ist er nicht über die Mathehürde gesprungen. Deshalb hat er sich dann entschlossen, in der gut laufenden Kneipe seines Vaters mitzuarbeiten.

Vielleicht klingt das etwas fies, aber mich ärgert das. Ich mache die Buchhaltung und den anderen Schreibkram im Betrieb meines Vaters und jetzt auch noch von der Kneipe meiner Schwiegereltern. Ich hätte die Matheprüfung sicher bestanden!

Gott sei Dank habe ich mich damals durchgesetzt und die Sache im Betrieb meines Vaters wenigstens als kaufmännische Lehre durchgezogen. Für Paps wäre das gar nicht nötig gewesen. Es war nicht leicht, ihm klar zu machen, dass er ja irgendwann einmal in Rente geht. Sein Laden wird nun in zwei Monaten geschlossen.

In der Kneipe ist dagegen gerade viel los, Alex arbeitet viel und lange. Danach schläft er lange, steht gegen Mittag auf und setzt sich meist vor den Fernseher oder Computer. Gott sei Dank steht so unsere Hochzeitsnacht immer noch aus ...

Als ich eines Morgens aus der Dusche komme, sieht er den inzwischen gelblich blau verfärbten Knutschfleck von Raphael.

»Woher hast du das?«, will er wissen.

Mir bricht vor Schreck der Schweiß aus. Hoffentlich verrate ich mich jetzt nicht. Bilde ich mir das nur ein, oder ist sein Blick wirklich skeptisch? Mein Herz schlägt schneller.

»Ach, da muss ich mich bei der Hochzeitsfeier irgendwo gestoßen haben«, gebe ich zurück und drehe mich weg, damit er nicht sieht, wie ich rot werde.

»Du hättest nicht so viel trinken sollen«, murmelt er, bevor er sich wieder aus dem Bad entfernt.

Du aber auch nicht, dann wäre manches nicht passiert, schießt es mir durch den Kopf.

Eines Morgens sitzt er in Boxershorts beim Frühstück in der Küche und schaufelt lustlos sein Müsli in sich hinein. Als ich in die Küche komme, hebt er nicht einmal den Kopf. Immerhin hat er schon Kaffee gemacht.

»Möchtest du auch noch welchen?«, frage ich ihn, während ich mir einen Becher fülle.

»Nein!«, knurrt er. »Lass mich in Ruhe!«

Kaum hat er sein Müsli gegessen, schiebt er die leere Schale in die Mitte des Tisches. Sein Stuhl kratzt über die Fliesen, als er aufsteht und fluchtartig die Küche verlässt. Irgendetwas ist doch mit ihm los. Ob er etwas ahnt?

Seufzend räume ich die Schale weg und folge ihm ins Wohnzimmer, wo er gelangweilt durch das öde

Vormittagsprogramm zappt. Bei seinem Anblick wird mir mal wieder bewusst, wie sehr mir hier die Decke auf den Kopf fällt.

»Du, Alex«, sage ich im schmeichelnden Ton. »Jetzt wo mein Vater in Rente geht und seinen Laden schließt, habe ich so viel Langeweile.«

»Dann räum doch endlich mal auf, oder hilf mehr in der Kneipe«, lautet seine lakonische Antwort.

»Du weißt doch, das ist nicht mein Ding!«, erwidere ich ungeduldig. »Ich will den Bilanzbuchhalter machen, damit hab ich gute Berufschancen. Hab dazu ein wenig recherchiert und fände einen Online-Kurs gut.«

»Ich weiß nicht Baby, das ist doch so teuer. Wir haben dann noch weniger Zeit für uns!«, er klingt genervt.

Noch weniger Zeit für uns? Das kann jetzt nicht sein Ernst sein!

Aber nach längerem Hin und Her gibt er nach. Nicht zuletzt, weil meine Eltern zugesagt haben, die Kosten zu übernehmen. Schließlich haben sie ja auch Lukas' Studium finanziert.

Noch am selben Tag melde ich mich an, im September soll es losgehen.

Die Weiterbildung gefällt mir gut. Es ist so schön, mal wieder seinen Kopf zu benutzen. Lernen hat mir immer Spaß gemacht. Ich hätte mich damals mit einem Studium durchsetzen sollen, wollte aber meinen Vater nicht im Stich lassen. Der hat immer so ungern die Buchhaltung gemacht. Also blieb nach und nach aller Schreibkram an mir hängen. Aber jetzt ist alles gut. Der Kurs ist gestartet, er dauert ein halbes Jahr.

Durch den Kurs verbringen wir in unserer Ehe noch weniger gemeinsame Zeit miteinander – unter der Woche sogar überhaupt keine. Am Wochenende ist Hochbetrieb in der Kneipe, dann ist Alex genervt und erschöpft. Eigentlich ist es ein nebeneinander her Leben, ohne Gespräche, ständig genervt und gestresst.

Aber eines Nachts weckt mich Alex aus dem Tiefschlaf. Er hat mein Schlafshirt hochgezogen und macht sich an meiner Brust zu schaffen. Ein Blick auf die Uhr sagt mir, es ist kurz nach ein Uhr.

»Spinnst du, lass mich schlafen«, knurre ich genervt.

Seine Fahne ist sehr unangenehm, er muss ganz schön getankt haben.

»Baby bitte«, fleht er lallend. »Ich muss dringend Druck loswerden, ich hab schon ganz blaue Eier!«

»Ich will aber nicht! Lass uns bis morgen früh warten. Außerdem hast du getrunken!«, zische ich.

»Da wird ja doch nichts draus! Seit wir verheiratet sind, bist du nur spröde und abweisend«, schnauzt er und fährt unbeirrt fort.

Rücksichtslos versucht er, in mich einzudringen. Ich bin natürlich viel zu trocken. »Aua!«, schreie ich.

Alex macht unbeeindruckt weiter. »Fuck, das tut weh«, motzt er.

»Ja, du Arsch! Ich bin ja nicht mal richtig wach!« Aber das stimmt natürlich nicht ganz, denn inzwischen bin ich hellwach.

»Du bist so trocken, weil du eine prüde Zicke bist. Aber ich lass mich nicht mehr zurückweisen, schließlich bist du meine Frau. Mach nass!«, befiehlt er und hält seinen steifen Schwanz vor meinen Mund.

Er weiß, dass ich keinen Oralsex mag. Auf Alex' Wunsch hin, hab ich es öfter versucht, aber ich kann dieses Blasen einfach nicht ausstehen. Wenn ich dieses Ding vor mir sehe, vergeht mir alles ... und dann dieser Geruch!

Angeekelt versuche ich, mich wegzudrehen. Aber er nimmt meine Hände, fixiert sie über meinem Kopf auf dem Bettlaken. Mit der anderen Hand schiebt er mir brutal seinen Daumen in den Mund. »Schön aufmachen und brav schlucken. Ich lass mich nicht mehr verarschen!«

Er hat jetzt so einen brutalen Blick. Strahlt so einen Hass aus, dass ich es nicht wage zu widersprechen. Mein Magen krampft und der Hals zieht sich zusammen. Vom Würgen laufen mir Tränen übers Gesicht.

»Mir wird beim Sex mit dir auch immer schlecht!« Seine Spucke landet in meinem Gesicht.

Ich muss noch mal würgen.

Er nimmt seinen Schwanz wieder aus dem Mund und dringt rücksichtslos mit einem Ruck in mich ein.

Scheiße, tut das weh!

Seine Hand erstickt meinen Schrei, ich bekomme kaum Luft. Dass ich verzweifelt heule, scheint ihn nicht zu stören.

Immer wieder stößt er brutal zu, bis er sich endlich in mir ergießt.

Kurz liegt er mit seinem ganzen Gewicht auf mir, nimmt mir fast den Atem. Dann steigt er endlich ab.

»Das war unser Hochzeitsritt, ist dir das eigentlich klar?!«, höhnt er, als er sich zur Seite dreht.

Mir tut alles weh. Auf wackeligen Beinen fliehe ich ins Bad, stelle mich zitternd unter die Dusche. Die Hände an die Fliesen gedrückt, den Kopf darauf gelehnt. Das warme Wasser läuft mir über Kopf und Körper, mischt sich mit Tränen der Enttäuschung und Verzweiflung. So etwas hat er noch nie gemacht, nicht mal andeutungsweise.

Warum? Ist das jetzt sein wahres Gesicht? Warum das alles?

Er ist doch eigentlich nicht brutal! Und er wirkte *dabei* völlig frustriert. Wenn er nüchtern ist, gibt es nicht einmal Annäherungsversuche. Dann ignoriert er mich vollkommen.

Ich schluchze und versuche verzweifelt, das schlechte Gefühl abzuwaschen. Es funktioniert nicht. Nichts lässt sich abwaschen. Weder diese brutale Szene noch der ganze Frust und auch nicht das schlechte Gewissen, das ich immer habe, weil ich nicht mehr mit ihm schlafen will. Ich denke nur noch an Raphael. Meine Haut ist schon aufgeweicht, als ich mich nach einer Ewigkeit aus der Dusche wage.

Das Schreckliche dabei ist: Er hat recht. Wir haben auch schon Wochen vor der Hochzeit nicht mehr miteinander geschlafen. Nachdenklich trockne ich mich ab. Dann wird mir auf einmal klar, unsere Hochzeit liegt schon über vier Wochen zurück. Ich müsste schon längst meine Tage haben!

Mir läuft ein kalter Schauer den Rücken hinunter. Ich bin doch nicht schwanger?

Wenn ja, kann eigentlich nur einer der Vater sein ...

Ich hole meine Bettdecke aus dem Schlafzimmer, in dem Alex seelenruhig schnarcht, und flüchte ins Kinderzimmer auf die Gästecouch. Die ist natürlich nicht sehr bequem, aber an Schlaf ist jetzt sowieso nicht mehr zu denken. Gequält wälze ich mich von einer Seite zur anderen. Ich werde morgen Früh sofort einen Schwangerschaftstest machen. Meine Gedanken kreisen, dass mir schwindelig wird. Erst gegen Morgen nicke ich erschöpft ein.

Am nächsten Morgen steht ein verzweifelter, zerknirschter Alex mit einer Tasse Kaffee vor meiner Couch. Er stellt die Tasse auf den kleinen Couchtisch. Sein schlechtes Gewissen ist nicht zu übersehen, als er sich mit beiden Händen mehrmals durch die Haare fährt.

Ein tiefer Atemzug zeigt seine Aufregung. »Bitte, verzeih mir Baby! Ich hab es nicht so gemeint, wir hatten nur so lange keinen Sex mehr ...«, nuschelt er mit gesenktem Kopf. »Ich habe gestern viel zu viel getrunken und Stress mit einem Gast. Verzeihst du mir Baby?« Er greift sich mit Daumen und Zeigefinger an die Nasenwurzel, atmet mit einem leisen Stöhnen aus.

»Mach so was nie wieder! Du Arschloch!«

Eigentlich müsste ich die Scheidung verlangen. Aber dann schießt es wie ein Blitz durch meinen Kopf, dass ich wahrscheinlich ein Kind von einem anderen erwarte. Das macht zwar seine Tat nicht besser, aber das schlechte Gewissen mindert meine Wut. »Das war ganz klar Vergewaltigung!«, füge ich trotzdem hinzu. »Rühr mich nie wieder an!«, setze ich nach. Habe ich das jetzt wirklich verlangt? Wie soll das gehen? Unsere Ehe hat noch nicht begonnen und ist schon vorbei?

»Versprochen Baby!«, schluchzt er und hat sein Gesicht schamhaft hinter den Handflächen verborgen. »Mir tut es wirklich unendlich leid, ich weiß auch nicht, was mit mir los ist. Bitte, bitte verzeih mir!« Ein merkwürdiges Atemgeräusch folgt. Heult er jetzt? Egal, er kann mich mal!

Ich wende mich ab und drücke mein Gesicht ins Kissen. Auch mir steigen jetzt Tränen in die Augen. »Hau jetzt endlich ab!« Meine Stimme kippt, während ich das sage.

Mit gesenktem Kopf verlässt mein Ehemann den Raum.

Ich habe nur eins im Kopf, den Schwangerschaftstest, den ich unbedingt heute noch machen muss ...

Beim Einkaufen des Tests wähle ich gleich zwei verschiedene Marken, sicher ist sicher.

Ich beiße in meine Faust, während ich auf der Toilette auf das Ergebnis warte. Noch tagelang bleiben meine Zahnabdrücke sichtbar.

Beide Ergebnisse sind positiv! Fuck! Was soll ich denn jetzt nur machen?

Mit Bauchschmerzen überlege ich hin und her. Es gibt einfach keine Lösung. Deshalb werde ich jetzt erst mal abwarten, vielleicht pendelt sich ja doch noch alles ein.

Alex' schlechtes Gewissen scheint nicht lange vorzuhalten. Zwischen uns baut sich ein eisiges Klima auf. Wir reden kaum noch ein Wort. Ist er mal zu Hause, hängt er nur rum und ignoriert mich. Meistens arbeitet er, oder treibt sich irgendwo rum. Was weiß ich ... Ich bin froh, wenn er nicht da ist. Auch, weil er fast jeden Tag Alkohol trinkt.

Das Geständnis der Schwangerschaft schiebe ich vor mir her, schließlich besteht die Gefahr, dass er mir auf die Schliche kommt. Ich kann meinen Fehltritt einfach nicht zugeben. Würde ich es, wäre sicher alles vorbei ... mein ganzes Leben.

Mittlerweile schlafe ich wieder im Ehebett. So schnell kann man seine Ehe doch nicht aufgeben. Aber warum entwickeln sich die Dinge so in die falsche Richtung? Er ist offensichtlich nicht glücklich und ich fühle mich auch nur noch schlecht.

Vier Wochen später startet er doch tatsächlich wieder einen Übergriff. Natürlich hat er wieder getrunken. Aber ich lasse es mir nicht mehr gefallen und wehre mich mit aller Kraft. Ich habe einfach keine Lust mehr, mit ihm zu schlafen, schon gar nicht in diesem Zustand. Ich lasse ihn nicht mehr zum Zug kommen. Und er ist regelrecht gefühlskalt, als gäbe er mir die Schuld für etwas ...

Bin ich wirklich schuld, dass uns jetzt alles aus den Händen rinnt?

In mir stirbt auch noch der letzte Funke Gefühl für ihn. Übelkeit steigt auf. Ich reiße mich los, renne ins Bad und muss mich übergeben.

»Ich finde unsere Ehe auch zum Kotzen, ich will die Scheidung!«, ätzt er mir hinterher. »Oder besser noch eine Annullierung!«

»Ich bin schwanger! Du ignorantes, widerliches Arschloch! Was habe ich für einen brutalen Arsch geheiratet! Du bist echt das Letzte! Ich hasse dich!«, schreie ich mit all meiner Wut. »Wenn du mich noch einmal anfasst, zeige ich dich an!«

Alex wirkt geschockt. Er wird kreidebleich und ihm entgleiten alle Gesichtszüge. »Es wird nicht wieder vorkommen! Nie wieder!«, zischt er schließlich eiskalt und knallt die Toilettentür zu.

Wie kann man sich nur so in einem Menschen täuschen? Resigniert sinke ich vor der Kloschüssel auf den Boden, stütze meinen Kopf mit den Knien. Die Kälte des Fliesenbodens und der Keramik wirkt beruhigend. Ich brauche mir nichts mehr vorzumachen, zwischen uns ist nichts zu kitten.

Nachdem ich mich einigermaßen gesammelt habe, stehe ich auf und putze meine Zähne. Dann hole ich frische Bettwäsche, beziehe mein Bett im Kinderzimmer. Den Raum habe ich natürlich abgeschlossen. Und das bleibt er auch, ab jetzt jede Nacht!

Der Alltag geht trotzdem irgendwie weiter. Ich versuche, mich so gut wie möglich auf meinen Kurs zu konzentrieren. Schließlich will ich die Prüfung unbedingt bestehen. Das lenkt mich etwas ab.

Immer wieder überlege ich, mit Raphael Kontakt aufzunehmen, traue mir aber den ersten Schritt nicht zu. Er meldet sich auch nicht.

Meine Verzweiflung wächst, denn mein Kind soll doch nicht ohne Vater aufwachsen. Nein, nicht hier im Dorf. Das Gerede wäre für mich und meine Eltern unerträglich. Erst mal muss ich unabhängig sein und auf eigenen Füßen stehen, dann kann ich hier raus und werde in die Stadt ziehen.

Ins Ehebett gehe ich bestimmt nicht mehr zurück. So empfinde ich mein Leben immer mehr als Hölle.

Trotzdem, meine Scham ist unendlich groß. So groß, dass ich mit niemandem darüber reden mag.

Immer wieder kommen der Ohrensessel und James Morrison zum Einsatz. Diese Musik gibt so viel von meiner Stimmung wieder. Der einzige Trost, untrennbar verbunden mit einer Sehnsucht nach Raphael. Seinem sanften zurückhaltenden Blick, seinem schönen Gesicht und die liebevolle Art ...

Die liebevolle Art? Schnell gefickt, dann weggeschickt!

Oh Mann, ich weiß selbst nicht, was ich von meinen Gefühlen halten soll. Warum hört das einfach nicht auf? Ich wusste, dass er viele Frauen hatte, nur für eine Nacht. Vielleicht habe ich ja nur noch in seiner Sammlung gefehlt.

Macht man One-Night-Stands mit alten Sandkastenfreunden?

Immer wieder geistert mir die Nacht mit ihm durch den Kopf. Also, wenn ich ehrlich bin, habe ich mehr ihn vernascht, als er mich ... er war so ... unwiderstehlich ... Ach, ich werde aus der ganzen Sache einfach nicht schlau!

Eigentlich müsste ich mal mit ihm reden, aber ich schäme mich so! Ich müsste das ganze Desaster aufdecken. Wie würde er reagieren? Da ist mir jetzt schon schlecht. Gott, mir ist sowieso immer so übel!

Oh Mann, wieso hab ich mich nur in die Scheiße geritten? Im wahrsten Sinne des Wortes ...

Ich werde hier bleiben müssen, bei meinem Mann. Vielleicht beruhigt sich die Lage ja noch. Es ist doch möglich, dass wir wieder zusammenfinden, wenn das Kind erst da ist.

Es soll ja viele Kuckuckskinder geben ...

Irgendwie macht mir der Gedanke Kopfschmerzen. Ich werde mich wohl nie wieder gut fühlen. Nie mehr glücklich sein, in meinem Leben ... Fuck, Fuck, Fuck!

Kapitel 4 ~ Lisa

Die Schwangerschaft dauert eine einsame gefühlte Ewigkeit. Gott sei Dank mache ich diese Bilanzbuchhalterausbildung. Die Gruppe meiner Mitstudenten ist viele Tage in der Woche die einzige Verbindung nach draußen.

Es ist gerade Mittagspause in meinem Kurs, ich sitze mit einem Brot in der Küche. Da schlurft Alex herein. Er trägt eine Schlafanzughose mit Shirt. Den verstrubbelten Haaren nach ist er gerade aus dem Bett gestiegen. Verschlafen fährt er sich über den Kopf. Als er sich einen Kaffee einschenkt, würdigt er mich keines Blickes.

Er nimmt einen Schluck und geht zum Kühlschrank, öffnet ihn. Beim Hineinschauen schiebt er sein T-Shirt hoch, reibt sich über den Bauch und gähnt. »Fuck! Willst du nicht mal einkaufen? Der Kühlschrank ist jetzt schon seit Wochen nicht mehr richtig gefüllt.«

»Du musst mitkommen zum Einkaufen, ich kann nicht mehr so schwer heben und deshalb nur kleine Mengen einkaufen. Außerdem fühle ich mich wie ein Walross. Wenn ich bei dem Glatteis ausrutsche, komme ich nicht mehr hoch! Das weißt du doch genau!«

»Dir geht es doch nur um deinen dämlichen Kurs, etwas anderes interessiert dich gar nicht mehr«, brummt er unwillig, nimmt sich seinen Kaffee und knurrt beim Rausgehen: »Bemüh dich nicht, ich esse in der Kneipe, da ist das Kühlhaus wenigstens voll!« Er dreht sich um und knallt die Tür hinter sich zu.

Seufzend schließe ich die Augen. Fast ein halbes Jahr geht das nun schon so. Wir reden kaum, jeder macht sein Ding. Es ist ein kalter Winter, eisige Luft, weiße Landschaften. Ich gehe zum Fenster, starre auf die eintönige glitzernde Schneelandschaft. Genauso eisig, wie das Klima zwischen uns.

Uns verbindet nicht einmal mehr ein winziger Faden. Habe ich mit meinem Fehltritt jeden Funken Glück gelöscht?

Als im Februar der Kurs zu Ende ist, wird die Einsamkeit noch größer. Wenn ich wenigstens den Mut hätte, mit jemandem über alles zu reden. Die vorwurfsvollen Blicke meiner Eltern mag ich mir gar nicht ausmalen. Selbst Johanna kann ich nichts anvertrauen, die kommt womöglich noch auf irgendwelche dummen Ideen.

Unser fester Mädelsabend am Freitag findet jetzt meistens bei mir statt. Alex ist ja nicht da und ich werde immer unbeweglicher. Alkoholfreie Cocktails und ein paar Knabbereien sind die Krönung des Abends.

»Hallo Lisa, du errätst nicht, was für Neuigkeiten ich habe!« Johanna rauscht fröhlich herein und gibt mir ein kleines Küsschen auf die Wange.

»Spann mich doch nicht auf die Folter«, antworte ich, zugegeben, eher aus Höflichkeit.

»Mein Gott, bist du in letzter Zeit schwer aus der Reserve zu locken. Was soll ich bloß mit dir machen? Schwangerschaftsdepri, oder?«

»Möglich, dieser Winter schlägt mir einfach aufs Gemüt«, versuche ich, mich herauszureden.

»Na ja, dann will ich mal nicht so sein. Also, ich bin schwanger!«, platzt es begeistert aus ihr heraus.

»Nicht wahr!«

»Doch! Garantiert! Im Juli ist Geburtstermin.«

»Aber du wolltest doch nie Kinder?«

»Ja, stimmt schon. Ich wollte es selbst erst nicht wahrhaben. Nach dem ersten Schock war es dann auf einmal das schönste Weihnachtsgeschenk.« Sie strahlt und ihre Augen leuchten. »Kevin freut sich auch so, er will nach den acht Wochen Schwangerschaftsurlaub die Elternzeit in Anspruch nehmen. Stell dir vor, unsere Kinder können nachher zusammen spielen«, schwärmt sie und klatscht begeistert in die Hände.

»Mensch Jo, das klingt toll! Ich wünsche euch alles Glück«, erwidere ich mit einem innerlichen Seufzer. Ich freue mich sehr für sie, wenn ich mich doch auch nur so auf mein Baby freuen könnte. »Und wollt ihr jetzt heiraten?«

»Nee, mach doch keine Witze. Du weißt ja, wie ich dazu stehe. Kevin quatscht auch die ganze Zeit auf mich ein. So ein blödes Stück Papier ist doch keine Garantie für ein glückliches Zusammenleben.«

Ich nicke. Wie recht sie doch hat. Johanna weiß eben immer was sie will und zieht es dann auch durch. Einfach bewundernswert.

Mein wachsender Bauch ist schon ein Erlebnis. Immer wieder stelle ich mich vor den Spiegel, streiche darüber und staune, wie groß so ein Bauch werden kann. Manchmal freue ich mich doch, wenn ich fühle, wie dieses kleine Wunder beständig lebendiger wird.

Nur, mittlerweile reicht der Platz für Bewegungen nicht mehr. Ich kann mir nicht einmal mehr die Schuhe zubinden.

»Alex, hilfst du mir mal beim Schuhe zubinden?«

»Hab jetzt keine Zeit. Muss dringend weg. Kauf dir doch Slipper«, kommt es missmutig.

Er schnappt sich seine Jacke und verschwindet, ohne sich zu verabschieden.

Was soll das denn jetzt schon wieder? Resigniert lasse ich meinen Schuh fallen. Er benimmt sich wirklich unmöglich! Aber diese Vorkommnisse lassen meinen Trotz immer mehr erwachen. Alleinerziehende Mütter haben es ja noch schwerer, die müssen es auch irgendwie schaffen.

Der kleine Junge ist pünktlich. Einen Tag vor dem errechneten Termin setzen die Wehen ein. Es ist Frühling, April. Eine schöne Zeit für ein Kind, geboren zu werden. Meine Mutter wird mir bei der Geburt zur Seite stehen.

Alex zeigt, wie erwartet, kein Interesse. »Ich kann jetzt nicht aus der Kneipe weg.«

Es ist zwar Samstagabend und er hat zwei Feiern auf dem Plan, aber er wird doch Vater! Scheiße! Zumindest auf dem Papier ... Er hat sich doch mal auf Kinder gefreut!

Mein Vater fährt uns in die Klinik. Mama hält mir ihren Arm hin. Gerne nehme ich die Stütze an. Es herrscht gerade Hochbetrieb, die Hebammen laufen von einer Gebärenden zur nächsten. Ich habe zwischen den Wehen ein wenig Zeit, mich umzusehen. Warme Gelbtöne und freundliche Bilder können die Krankenhausatmosphäre nicht verdrängen.

Ich fühle mich so verloren.

Aufs Kinderkriegen habe ich mich überhaupt nicht vorbereitet, instinktive Verdrängung. Jetzt heißt es, dafür die Konsequenzen zu tragen. Ich weiß überhaupt nicht, was auf mich zukommt. Mit solchen Schmerzen habe ich nun wirklich nicht gerechnet. Weiß nicht, wie man richtig atmet, kenne nicht die Phasen der Geburt. Hab eigentlich gar keine Ahnung. Entsprechend dramatisch verläuft die Geburt. Ohne meine Mutter wüsste ich nicht, was zu tun ist.

Als das Ganze nach acht Stunden endlich überstanden ist, bin ich unendlich erleichtert.

Ich habe ein kleines Sonntagskind entbunden.

Noch ein Kind will ich bestimmt nicht! Das ist so sicher wie das Amen in der Kirche.

Am späten Vormittag schaut auch Alex rein. Er wirft einen kurzen Blick in das Bettchen, sagt kein Wort. Meine Eltern sind nicht da, er braucht sich nicht zu verstellen.

»Freust du dich?«, wage ich vorsichtig zu fragen.

Er blickt mich verständnislos an, schüttelt den Kopf. »Ja ... vielleicht ... schon ... ich weiß nicht.«

Dann senkt er den Kopf und wendet sich ab.

Mir steigen die Tränen hoch. Ich schlucke. Jetzt nur nicht heulen! Erschöpft lasse ich mich aufs Bett zurückfallen. Ich drücke die Fäuste auf meine Augen und ringe um Fassung.

»Wie wollen wir ihn nennen?«, frage ich, als ich mich wieder beruhigt habe.

»Keine Ahnung«, kommt es etwas mürrisch.

»Vielleicht etwas mit A wie Alexander?«

Er wendet sich mir überrascht zu, zieht seine Augenbrauen hoch. Dann schüttelt er den Kopf »Mir gefallen keine Jungennamen mit A«, brummelt er vor sich hin.

»Ich finde auch Leon ganz schön.«

»Ja ... gut ... meinetwegen.«

Er ist so einsilbig. Meine Hoffnung, dass es durch die Geburt des Kindes zwischen uns wieder besser wird, ist dahin. Ehrlich gesagt bin ich froh, als er endlich wieder verschwindet.

Ich habe mich natürlich auch nicht damit befasst, wie man ein Kind versorgt. Gott sei Dank, das Stillen klappt ganz gut. Durch die anderen Sachen kämpfe ich mich so durch. Da der Bilanzbuchhalterkurs beendet ist, kann ich mich voll auf das Kind konzentrieren.

Man könnte auch sagen, ich habe keine weitere Aufgabe. Motivation allerdings auch nicht. Ich sitze oder liege den ganzen Tag rum, echter Babyblues. Dieses kleine Wesen betrachten und mit dem Finger über das niedliche Gesichtchen streicheln, ist alles, was ich möchte. Wenn man ihm einen Finger hinhält, greift es zu. Die Augen schließen, diesen einzigartigen Babygeruch einatmen und an Raphael denken ...

Mist! Hört das eigentlich nie auf?

Ja, das ist wohl schwer, wenn man das Ergebnis dieser Katastrophe immer so vor Augen hat. Obwohl, Leon ist wirklich keine Katastrophe, sondern ein kleines, perfektes, unschuldiges Bündel. Und dann dieses Engelslächeln. Wenn ich nur nicht so melancholisch wäre ...

Ist mein Leben jetzt zu Ende? Das wars? Es fühlt sich jedenfalls so an.

Natürlich bleiben auch die Besuche und Glückwünsche nicht aus. Die sind wirklich anstrengend.

»Hätte dir gar nicht zugetraut, dass du so was Niedliches zustande bekommst«, lautet ein flapsiger Kommentar von meinem Bruder Lukas.

»Der ist doch perfekt, oder?«, lächelt Johanna. »Wie das wohl bei mir wird? Ein bisschen mulmig ist mir ja schon.« Sie hält Leon den Finger hin, er greift zu und nuckelt daran. Johanna sieht mit einem verzückten Lächeln zu.

»Ach, wird schon. Ich habs ja auch überlebt.« Ich weiß nicht, ob mein schiefes Lächeln sie dabei wirklich beruhigen kann. »Es stimmt, wenn sie erst einmal da sind, ist aller Schmerz vergessen.«

Zumindest der körperliche, setze ich in Gedanken dazu.

»Mein Gott wie winzig, da muss man ja Angst haben, es anzufassen.« Jos Freund Kevin ist schon ein gutmütiges Kuschelbärchen. Er sieht das Baby so liebevoll an. »Darf ich es trotzdem einmal auf den Arm nehmen?« Ich nicke und sehe ein bisschen wehmütig zu, wie vorsichtig dieser riesige Muskelberg mit dem Winzling umgeht.

Meine Eltern sind natürlich auch stolz auf ihr erstes Enkelkind. Meine Mutter hält es die ganze Zeit auf dem Arm und klebt förmlich daran. »Wie unschuldig so ein kleines Wesen doch ist.«

Wie wahr. Dieses süße Baby ist wirklich unschuldig an dieser merkwürdigen, nein, skurrilen Situation.

Meine Schwiegereltern sind irgendwie distanzierter als vor unserer Hochzeit. Möglicherweise spüren sie etwas von der angespannten Stimmung. Alex wird sich vielleicht bei ihnen beklagt haben. Allerdings kann ich mir nicht vorstellen, dass er ihnen erzählt hat, wie die Dinge wirklich zwischen uns stehen.

Wenn Andere dabei sind, gibt ›mein Ehemann‹ ganz den stolzen Vater. Sind wir allein, ignoriert er mich, wie immer. Es ist kaum auszuhalten.

Was geht wohl in seinem Kopf rum? Das Kind hat dunkle Haare, wir sind beide blond ... Wer eins und eins zusammenzählt ... Allerdings haben Babys doch oft erst dunkle Haare, wenn sie geboren werden, sie werden nachher blond ... oder wie war das noch mal?

Manchmal erwische ich Alex, wie er vor der Wiege steht, um dieses kleine, niedliche Wesen zu betrachten. Er redet dann ganz leise mit ihm. »Du hast es gut. Du hast von dem ganzen Schlamassel keine Ahnung«, habe ich einmal verstanden.

In dieser schweren Zeit bin ich so oft wie möglich bei meinen Eltern, die wohl ahnen, dass es in meiner Ehe nicht gut läuft. Sie versuchen, mich so gut wie möglich zu unterstützen, aber ich bin emotional und auch körperlich zutiefst erschöpft. Zudem habe ich viel mit Übelkeit zu kämpfen, muss mich immer noch oft übergeben, obwohl ich gar nicht mehr schwanger bin. Ich habe mittlerweile viel abgenommen, bin ziemlich klapprig geworden und sehe genauso aus, wie ich mich fühle.

Kein Wunder, mein Leben ist im Moment einfach zum Kotzen!

Kapitel 5 ~ Lisa

Natürlich muss der kleine Erdenbürger so schnell wie möglich getauft werden. Meine Mutter ist schließlich ehrenamtlich in der Kirche aktiv. Also lassen wir die Prozedur über uns ergehen.

Gott sei Dank habe ich mit der Organisation nichts zu tun. Das übernimmt alles meine Mutter. Das Catering wird selbstverständlich von meinen Schwiegereltern übernommen.

Eine Gartenparty mit schönem Wetter und gepflegtem Ambiente. Alles ist in unschuldigem Weiß mit hellem Blau geschmückt. Weiße Pavillons, Tischdecken, Stuhlhussen, Blumenschmuck aus weißen Tulpen und hellblauen Iris. Überall hängen hellblaue Luftballons. Ja, Mama hat sich wirklich Mühe gemacht.

Aber die Unterhaltung ist zäh, alle Gäste sind fürchterlich steif.

»Nun war das ganze Trara mit dem Fortbildungskurs völlig umsonst, jetzt bleibst du sowieso zu Hause«, gibt mein Schwiegervater plötzlich zum Besten.

Na toll! Auf solche Bemerkungen habe ich gewartet. Das hätte auch von meinen Eltern kommen können ...

»Ich wollte eigentlich schon nach dem Stillen wieder anfangen zu arbeiten. Schließlich will ich nicht nur Hausfrau und Mutter sein.«

»Und wer soll das Kind versorgen? Wir jedenfalls nicht. Nicht täglich. Wir haben unsere Kinder schon großgezogen«, wendet meine Mutter ein.

»Wir können ihn auch nicht nehmen, wir haben uns nicht umsonst aus der Kneipe zurückgezogen. Der Stress, den so ein kleiner Wurm mit sich bringt, ist nichts mehr für uns«, kommt es von meiner Schwiegermutter.

»Wir finden schon eine Lösung. Schließlich gibt es auch Kinderkrippen. Die Möglichkeit, dort einen Platz zu bekommen, ist gar nicht so schlecht!«, knurrt Alex.

Moment mal ... Er hält zu mir?

»Es wird sowieso nur bei dem einen Kind bleiben. Das ist mit einer Karriere schon zu vereinbaren, dafür gibt es doch viele Beispiele!«, wage ich einen weiteren Vorstoß.

Jetzt richten sich alle Blicke auf mich. »Was? Nur Mama zu sein, ist nicht mein Lebensziel, sorry.«

Alle Omas und Opas rümpfen die Nase. Ich kann sehen, wie es hinter der Stirn arbeitet: Rabenmutter! Oder vielleicht auch: Man ist doch verpflichtet, seine Arbeitskraft in die Familie zu stecken.

Seine eigenen Ziele verwirklichen, sein Ding machen, das wird nicht immer anerkannt. Dabei ist dieses Denken doch wirklich überholt. Aber die Generation unserer Eltern musste noch kräftig zurückstecken, wenn sie Kinder haben wollte. Die Frauen haben sich zum Teil noch sagenlassen müssen, dass sich eine hoch qualifizierte Ausbildung sowieso nicht lohnt. Ausbildung ja, aber nur, damit sie zur Not auch unabhängig sind.

Wie sich die Zeiten doch geändert haben.

»In der alten DDR war es ja auch kein Thema, wenn die Mütter gearbeitet haben«, bekräftige ich meine Meinung.

»Du siehst ja, wohin das geführt hat«, meint Alex grinsend. Er meint es wohl nicht so ernst, denn er zwinkert mir dabei zu.

Ich werfe ihm trotzdem einen giftigen Blick zu. »Ich werde mich jedenfalls nicht abhalten lassen. Und das Kind wird auch nicht vernachlässigt. Das kriege ich schon hin.«

Ich habe einfach keine Lust mehr, mir weiter mein Leben vorschreiben zu lassen! Den ganzen Tag zu Hause und dann diese schreckliche Ehe. Da kann ich mich ja gleich einweisen lassen. Nein, ich muss unbedingt unabhängig sein, damit ich hier rauskomme. So schnell wie möglich.

Ich frage mich nur, was die Ursache für den Sinneswandel bei meinem Mann ist. Wahrscheinlich schwebt ihm dasselbe vor.

»Für mich ist das Thema jetzt zu Ende!«, versuche ich, einen Schlusspunkt zu setzen.

Für die Gäste damit auch. Eine peinliche Pause entsteht. Für eine gelöste Atmosphäre sorgt so ein Thema natürlich nicht. Ich glaube, auch Alex ist froh, als wir diese Veranstaltung endlich hinter uns gebracht haben.

Wir haben dieses Jahr einen drückend schwülen Sommer. Oft ist es draußen nicht zu ertragen. Deshalb bin ich viel mit dem Baby allein in der Wohnung. Ein bisschen Ablenkung bietet noch die Geburt von Jos Baby, das Moritz heißt.

»Das Gehirn schaltet irgendwie in den Mamamodus, findest du nicht auch?«, frage ich sie.

Ich strahle das süße Geschöpf an. »Babys sind schon eine feine Sache. Anstrengend, aber es lohnt sich.«

»Ja«, antwortet sie begeistert und riecht am Köpfchen. »Für dieses kleine Wunder möchte man einfach alles tun.«

Genau, auch ein schreckliches Eheleben ertragen!

Irgendwann gibt es auch wieder Lichtblicke, bei denen ich denke, das Leben wird schon irgendwie weitergehen. Wir bekommen eine Einladung zu einer Halloweenparty. Ein Scheunenfest auf Christians Bauernhof. Diesmal kann ich sogar richtig feiern, denn ich habe schon abgestillt.

Richtig abschießen, danach steht mir der Sinn!

Der Weg zur Feier ist stimmungsvoll mit Lichtern geschmückt. Vor der Scheune stehen einige leuchtende Schnitz-Kürbisse. Natürlich alle echt und selbst gemacht, Ehrensache für einen Bauernhof.

Der Innenraum, der zum Teil freigeräumten Scheune, ist liebevoll geschmückt. Überall überdimensionale Spinnen, Fledermäuse und anderes Gruselzeug. Hier hat wohl das ganze Dorf seine Deko für diesen Zweck zur Verfügung gestellt. Nur die Spinnweben, die sind echt. Im hinteren Teil der Scheune befinden sich Strohballen und loses Heu.

Hier könnten sich Pärchen wunderbar zurückziehen ... Ach, wenn ich nur ein Pärchen wäre.

Einer inneren Stimme folgend, drehe ich mich um. Da sehe ich IHN!

Er steht mit Lukas und Jos Brüdern Jan und Jonas zusammen. Sie waren schon immer eine Clique, jetzt sind sie noch mehr oder weniger über Internet verbunden. Oft spielen und Chatten sie miteinander, Geeks eben.

Bei den Jungs steht auch noch eine Studienkollegin von Lukas, sie heißt Marie. Lukas hat sie schon einmal mit zu meinen Eltern gebracht. Sie arbeiten zusammen an externen Programmieraufträgen. Meine Eltern sind von ihr begeistert. Aber Lukas sagt, da läuft nichts zwischen ihnen. Angeblich spielen sie mit dem Gedanken, eine Firma zu gründen. Marie ist schon in die Stadt gezogen. Sie sitzt wohl häufig mit Lukas zusammen, um die Firmengründung zu besprechen und geeignete Räumlichkeiten zu suchen.

Ich gehe direkt auf die Gruppe zu, obwohl ich am liebsten gleich wieder gehen möchte. Lukas taucht nicht allzu häufig bei meinen Eltern auf, hat immer viel zu tun. Er strahlt mich an. Er hat mein Kommen schon bemerkt.

»Hallo geliebtes Brüderchen, sieht man dich auch mal wieder?«

»Hallo, kleine Schwester, willst du endlich mal wieder am gesellschaftlichen Leben teilnehmen?«, tauschen wir uns grinsend aus. Bei der lauten Musik müssen wir fast schreien.

Jetzt sind Jan und Jonas dran. Auch die sehe ich nicht oft. Deshalb freue ich mich sehr, sie hier einmal alle beisammen zu sehen. Selbstverständlich begrüße ich ebenso Marie mit einer Umarmung. Ich kenne sie ja nun schon ein wenig.

Endlich kommt ER an die Reihe. Seine Umarmung ist unbeholfen und steif. *Alles klar, ich komm dir schon nicht zu nahe!* Er weicht meinem Blick aus und knetet seine Hände. Ich weiß nicht so recht was ich sagen soll, er offensichtlich auch nicht. So schweigen wir uns an, peinlich. Eigentlich hatte ich vor, ihn beim nächsten Treffen von seiner Vaterschaft zu erzählen. Das hat sich hiermit erledigt. Womöglich wird er mir nicht einmal glauben.

Was will ich hier eigentlich noch?

Es fühlt sich schrecklich an, deshalb drehe ich mich wieder um und mache mich auf den Weg zurück zu Alex' Fußballclique.

Aber auch Alex ignoriert mich auffällig. Sein Blick ist auf Barbies Busen gerichtet.

Hat sie jetzt etwa Silikonimplantate? Ihr Busen war doch sonst nicht so groß. Ich muss mir ein Grinsen verkneifen. Spätestens jetzt entspricht sie dem Klischee ihres Spitznamens vollständig.

Florian erzählt Witze. »Fragt die Krankenschwester die Gebärende: ›Soll der Vater des Kindes bei der Geburt dabei sein?‹ ›Oh nein‹, antwortet die Schwangere, ›der versteht sich gar nicht mit meinem Mann.‹«

Mit einem süffisanten Grinsen wartet er auf die Reaktion meines Mannes. Der wendet das Gesicht ab und tut so, als würde es ihn nicht interessieren.

Was hat das jetzt zu bedeuten?

Flo kommt in Fahrt, erzählt noch einen. »Ein Ehepaar kommt zur Geburt ins Krankenhaus. Fragt der

Arzt den Mann: ›Es gibt jetzt eine Maschine, die die Geburtsschmerzen von der Mutter auf den Vater überträgt, wäre das was für Sie?‹ ›Auf jeden Fall‹, antwortet der Mann. ›Beginnen wir mit zehn Prozent, das sind wahrscheinlich mehr Schmerzen, als Sie je ertragen haben‹, meint der Arzt. ›Spüren Sie was?‹ ›Nein‹, antwortet der Mann. Der Arzt erhöht immer weiter. Der Mann verspürt keine Schmerzen. Schließlich gebiert die Frau vollkommen ohne Schmerzen und kann am selben Tag nach Hause gehen. Zu Hause angekommen, liegt der Hausmeister tot im Flur!« Er lacht schmierig und sieht diesmal erst zu mir rüber, dann wieder zu Alex.

Fremdgehwitze? Was soll dieser provozierende Blick? Wird etwa über Alex und mich schon geredet?

Möglichst unauffällig wage ich einen Blick zu Alex. Der sieht ziemlich unbeteiligt aus, glaube ich. Oder ist er etwa genervt?

»Deine Witze sind bescheuert«, ranzt Alex seinen Kumpel an.

Einen erzählt er, obwohl mein Mann ihn giftig ansieht. »Sagt der Arzt zur Blondine: ›Sie bekommen Zwillinge.‹ Antwortet die: ›Oh Gott, ich weiß gar nicht, wer der Vater des zweiten Kindes ist!‹«

Danach bekomme ich einen provozierenden Blick.

Alex rempelt Flo rüde an.

Blondinenwitze? Oh Mann! Bin ich wirklich im Visier des Dorfklatsches? Etwas Peinlicheres kann ich mir gar nicht vorstellen. Lisa, die Dorfschlampe. Ich blicke in der Clique in die Runde, alle weichen meinem Blick aus. Mein Magen verhärtet sich und ein leiser Schauer läuft über meinen Rücken.

Was soll ich nur machen? Sie der unausgesprochenen Lüge bezichtigen? Ich kann sie nur innerlich als Spießer abtun und den schalen Beigeschmack mit Alkohol runterspülen.

Immer, wenn ich zu Raphael hinüberschaue, haftet sein Blick auch auf mir. Sobald er das bemerkt, wendet er sich schnell ab.

Seltsam ...

Die Musik, die bei solchen Veranstaltungen gespielt wird, ist schon bemerkenswert. Alex schiebt Barbie zum Ärzte-Song ›M+F (Männer und Frauen)‹ über die Tanzfläche. Sie strahlt über alle vier Backen.

Es ist mir so was von egal! Wirklich! Wenn er mit mir tanzt, sagt er immer, ich würde mich nicht führen lassen. Der soll mich bloß in Ruhe lassen! Meinetwegen kann er mit ihr glücklich werden.

Jetzt kommt auch noch ›Zehn nackte Friseusen‹ von Mickie Krause. Alex flüstert Barbie etwas ins Ohr, ich kann mir schon denken, was ... Sie verschwinden.

Wohin? Ich wüsste nichts, was mich weniger interessiert!

Ich werde jetzt mein ursprüngliches Ziel in Angriff nehmen: HWDS (Hau weg den Scheiß)! Gott sei Dank ist Johanna für so etwas immer zu haben. Sie hat nur in den acht Wochen Erziehungsurlaub gestillt und kann deshalb auch schon wieder zuschlagen.

»Komm Jo, lass uns einen trinken!«

Johanna ist berüchtigt für ihre Trinkfestigkeit, kann sogar Männer unter den Tisch saufen. Muss sie auch, sozusagen aus beruflichen Gründen.

»Klar, lass uns die Party schöntrinken!« Schon hält sie mir ein großes Glas mit einer starken Mischung Wodka-Orangensaft vor die Nase. Typisch Johanna ...

Man kann schon ein bisschen neidisch werden, wenn man überlegt, wie gut meine Freundin ihr Leben im Griff hat. Meines ist dagegen eine reine Katastrophe. Vielleicht liegt es auch daran, dass es sie einfach nicht interessiert, was die Leute so über ihr Leben reden.

Ich stürze das Glas hinunter. Gleich macht sich ein wohligeres Gefühl in mir breit.

Da kommt Alex schon wieder zurück.

Hat er Strohhalme im Haar? Wo ist denn Barbie? Wegen mir müsst ihr euch doch nicht getrennt zurückschleichen ...

Ich nehme ihm einen Halm aus dem Haar, er schlägt meine Hand mürrisch weg.

Uhuuhu, haben wir schlechte Laune?

»Ich gehe uns noch mal einen Drink holen«, sage ich zu Johanna, sie nickt.

Möglichst schnell bahne ich mir einen Weg durch die Menge. Dabei wage ich auch einen Blick zur Clique meines Bruders. Raphael unterhält sich die ganze Zeit mit Marie. Das versetzt mir einen Stich. Sie müssen gemeinsame Themen haben, tanzen mag er nämlich nicht.

Auf dem Rückweg, mit den Gläsern bewaffnet, sehe ich, dass sie sich immer noch unterhalten. Nein, ich lasse jetzt keine Eifersucht zu. Aufgesetzt fröhlich stoße ich mit Johanna an und trinke hastig. Warum wirkt der Alkohol nicht schneller.

Immer wieder wird mein Blick zwanghaft zu Raphael gezogen. Er scheint sich wirklich gut mit Marie zu verstehen. Und jetzt gehen sie auch noch zusammen ... Fuck!!!

Energisch zupfe ich an Jos Ärmel und ziehe sie auf die Tanzfläche. Ausgelassen tanzen wir zwei. Alex sieht nicht einmal zu mir rüber. Er scheint sich genauso abzuschießen wie ich.

Nach dem Tanzen gehe ich mit meiner Freundin wieder zur Bar.

»Puh, ich hab ganz schön Durst. Ich glaube, ich trinke erst mal ein Wasser«, stöhnt Johanna.

»Reine Zeitverschwendung! Ich bin so froh, dass ich endlich wieder richtig feiern kann!«

»Pass bloß auf, ich hab meine Lampe schon ganz schön am Brennen«, warnt sie mich.

»Keine Sorge, ich hab alles im Griff!«

Dann gehts mir morgen eben schlecht! Mir gehts sowieso immer schlecht ... Da kann ich es mir wenigstens heute Abend einmal gut gehen lassen. Wenn ich das aussprechen würde ... keiner würde es verstehen.

»Na, wenn du meinst!«, erwidert Johanna und schüttelt verständnislos den Kopf.

Wenn ich da mal nicht den Mund zu voll genommen habe. Denn als wir uns, mit einem weiteren Drink in der Hand, wieder auf den Weg zu unserer Gruppe machen, schwankt der Boden ganz schön ...

Am nächsten Morgen traue ich mich nicht, aufzuwachen. Schon ein leichtes Öffnen der Lider sagt mir, dass es viel zu hell ist. Meine Zunge klebt am Gaumen, ich habe Durst und mir ist übel.

Kann ich nicht einfach sterben?! Alles dreht sich.

Arme, Beine, Körper ist alles da. Nur der Kopf kann nicht zu mir gehören, der ist ungefähr dreimal so groß als meiner. Und weh tut er mir auch.

Wo bin ich? Fuck, neben mir schnarcht Alex! Wenn er zu viel getrunken hat, schnarcht er immer. Aber wieso liegt er neben mir?

Nein, ich liege neben ihm. Wieso liege ich im Ehebett? Ich bin doch vor Monaten ausgezogen ...

Dann wird mir klar, dass ich vollkommen nackt bin.

Was ist gestern passiert? Ich ahne Schlimmes ...

Oh Fuck! Ich muss mir wohl den Abend noch mal durch den Kopf gehen lassen! Ich renne auf die Toilette und kotze mir die Seele aus dem Leib. Ich kann mich an nichts mehr erinnern, seit wir von der Tanzfläche weg sind.

Von Krämpfen geschüttelt beuge ich mich über die Toilettenschüssel. Meine Muschi tut mir weh, als hätte ich Sex gehabt ... Sex? Es fühlt sich so an wie ... harter Sex.

Nein! Nein! Nein! Bitte lass das nicht wahr sein!

Ich hätte mehr essen sollen. Aber Essen schmeckt mir überhaupt nicht mehr letzter Zeit. Hoffentlich ist nichts Schlimmeres passiert. Ich glaube, kein Mensch kann sich auch nur im Entferntesten ausmalen, wie schlecht ich mich fühle! Die Mutter, nein, die Übermutter aller Kater.

»Alex, was ist passiert?«, will ich wissen, als ich wieder in der Lage bin, mich auf zwei Beinen fortzubewegen. Ich rüttele ihn an der Schulter. Auch er ist nackt. Er richtet sich mühsam auf, blinzelt, als er mich anschaut.

»Keine Ahnung, sag dus mir!« Er fasst sich an den Kopf und schließt die Augen, als könnte er die Helligkeit nicht ertragen.

»Wir haben doch nicht etwa?« Ich halte mir die Hand vor den Mund.

Gott, mir ist schon wieder schlecht!

»Nein danke! Kann ich mir nicht vorstellen. Ich habe gestern schon gekotzt!«, krächzt er.

»Widerling! Du bist der größte Kotzbrocken, der mir je untergekommen ist! Ich ertrage dich nicht mehr!«, schreie ich, was meine Übelkeit noch mehr verstärkt.

»Ich kann dich schon lange nicht mehr sehen! Verschwinde doch einfach!«

Erschöpft gehe ich zurück ins Kinderzimmer und lege mich in mein Bett. Er wird meinen hilflosen Zustand doch nicht ausgenutzt haben?

Ich halte es hier einfach nicht mehr aus! Ich muss hier raus. Es geht einfach nicht mehr. Wenn es mir etwas besser geht, werde ich ein paar Sachen zusammenpacken und verschwinden. Leon brauche ich gar nicht wieder von zu Hause abholen. Meine Eltern werden mir bestimmt Asyl gewähren, bis ich mein Leben neu sortiert habe. Das muss jetzt einfach sein, ich habe lange genug die Augen zugemacht.

Wo ist bloß mein iPod? Ich brauche jetzt James Morrison, ›One Last Chance‹. Jetzt noch Dauerschleife einstellen. Auf diesem Album ist doch ein Lied für jede Stimmungslage.

Ich packe ein paar Klamotten für die nächsten Tage zusammen. Ohne mich von Alex zu verabschieden, schleiche ich mich aus der Wohnung. Nein, ich will von ihm nichts mehr sehen und hören. Es ist eine letzte Chance, ihn zu verlassen.

Was soll ich noch sagen, die letzte Chance hat mir das Schicksal doch nicht gewährt. Die Nacht hatte Folgen. Ich bin wieder schwanger. Ich kenne wirklich niemanden, der in so kurzer Zeit sein komplettes Leben so schrotten kann!

Kapitel 6 ~ Raphael

Ich sehe Lisa! Nach so langer Zeit. Sie ist immer noch die schönste Frau, die ich je gesehen habe!

Warum weiß ich bloß nie, was ich zu ihr sagen soll?

Sie sieht immer wieder zu mir herüber. Warum tut sie das? Ich drehe sofort den Kopf weg und weiß nicht, wie ich darauf reagieren soll.

Ob sie glücklich ist? Wie sieht ein Gesicht aus, das glücklich ist? Das frage ich mich ständig.

Lisa ist immer noch mit diesem Primitivling zusammen. Mir tut das irgendwie weh. Er flirtet schon den ganzen Abend mit dieser Plastikbarbie. So etwas tut man doch nicht! Das kann Lisa doch nicht gefallen, schließlich haben sie jetzt ein Kind.

Am liebsten würde ich ihr sagen, wie toll ich sie finde. Aber ich kann doch nicht einfach zu einer verheirateten Frau gehen und ihr Komplimente machen. So etwas tut man doch nicht. Ich weiß wirklich nicht, was ich tun soll, wie ich Lisa helfen kann. Ich helfe immer gerne. Vielleicht braucht sie aber gar keine Hilfe. Vielleicht wünsche ich mir nur, dass sie meine Hilfe braucht.

Und jetzt verschwindet dieser Dummbeutel auch noch mit der Schlauchbootlippenschlampe, dieser Barbie. Der hat doch nichts Gutes vor! Lisa scheint das nicht zu stören, sie trinkt viel zu viel Alkohol. Ob er sie betrügt?

Ich muss hinterher und erwische Alex und Barbie, natürlich in flagranti, im Heu – wie geschmacklos!

»Ihr solltet euch schämen!«, spucke ich meine Verachtung aus. »Du hast eine Frau mit Kind zu Hause!«

Plastikbarbie guckt wirklich blöd. Ich gebe mir ein inneres High-Five.

Wie kann er die schlaue, schöne Lisa nur mit diesem blonden Dummchen betrügen? Ich kann wirklich nicht nachvollziehen, was Lisa an ihm findet. Was hat er bloß an sich, mit dem ich nicht mithalten kann?

Meine Gedanken drehen sich ständig im Kreis. Immer wieder denke ich an Lisa, wie schön es mit ihr war. Verbotene Gedanken. Ich geh besser zurück zu meinen Leuten.

Hier fühle ich mich gleich viel wohler. Meine Leute unterhalten sich über die neusten Videospiele. Da kann ich mitreden, das interessiert mich. Eine neue Freundin von Lukas, Marie heißt sie wohl, kommt gerade mit einer Runde Getränke zurück. Sehr gut, das braucht man bei dieser Musik.

Marie wendet sich mir zu. Oh Gott, jetzt nur nicht nervös werden.

»Hallo, du bist doch der beste Freund von Lukas?«

»Bin ich das?« Manchmal bin ich von solchen Aussagen überrascht.

»Hat er mir jedenfalls so erzählt. Ihr hättet als Kinder immer zusammen gespielt.«

»Na ja, das stimmt schon.«

»Du hast mit uns an der Uni studiert, stimmts?«

Ich nicke nur. Was soll ich auch dazu sagen? Sie will doch jetzt keinen Small-Talk anfangen? Ich hasse Small-Talk! Es gibt nichts Langweiligeres. Sie ist hoffentlich nicht auch eine von den Leuten, die viel reden und nichts zu sagen haben.

»Und jetzt, was machst du jetzt?«

Zumindest gehört sie zu den Leuten, die keine Ruhe geben. Ob sie ein echtes Gespräch führen will? Eine Frau?

»Arbeiten«, beschreibe ich es kurz und präzise. Ich denke nicht, dass sie sich für Details interessiert. Falls doch, kann sie ja fragen. Ich habe jedenfalls keine Lust auf Erklärungen, die sowieso niemand hören will. Aufgrund ihrer Frage vermute ich ein belangloses Gespräch. Wenn ich ihr jetzt sage, dass sie mich langweilt, ist sie bestimmt wieder vor den Kopf gestoßen. Also, halt den Mund, Raphael! Sie ist schließlich eine Freundin von Lukas.

Ich könnte ja versuchen, ein spannenderes Thema anzuschneiden. Interessant, im Sinne von Männergesprächen ... nein, besser nicht.

»Bist du oft hier in der Heimat?«, bohrt sie weiter.

Also doch Small-Talk. Selbst wenn ich es aus Höflichkeit mache, da bin ich einfach schlecht.

»Nein!« Mit dieser Antwort kann man eigentlich nichts falsch machen.

Mein Gott, was geht sie das überhaupt an?! Man muss ja nicht auf jedes Gespräch eingehen.

Auf einmal fängt sie an zu grinsen und fragt: »Worüber redest du am liebsten?«

Was soll das jetzt schon wieder? »Im Moment wohl über die schlechte Musik«, antworte ich.

Sie lacht laut los. »Diese Musik ist eigentlich auch nicht mein Fall, aber zu einer Party gehört das wohl dazu«, erklärt sie, als sie sich wieder beruhigt hat. »Nein, ich meine sonst so.«

Die lässt ja nicht so schnell locker ...

»Medizin?«, sage ich in einem etwas arroganten Ton. Hoffentlich schreckt sie das jetzt ab. Merkt die denn gar nichts?

Sie seufzt. »OK, das ist jetzt nicht so ganz mein Thema. Und sonst noch?«

Nicht ihr Thema ... welche Überraschung! Ich grinse innerlich. »LoL.« Ha, von »League of Legends« hat sie bestimmt keine Ahnung! Warum gibt sie auch nicht einfach Ruhe?

»Echt? In welcher Elo bist du?«, fragt sie und strahlt mich dabei an.

Jetzt bin ich platt. »Momentan Platin 2, letzte Season Diamont 5 und du?«

»Ich spiel zurzeit kein LoL mehr, hab mehr Bock auf Counter-Strike.«

Die Frau wird mir immer sympathischer!

»Welche Division?«

»Gold Nova 2.«

Na ja, mehr ist ja nicht zu erwarten ...

Es entwickelt sich ein wirklich gutes Gespräch im Laufe des Abends. Mit ihr kann man sich sehr gut unterhalten. Wer hätte das gedacht? Es ist selten, dass ich mich mit einer Frau so gut unterhalte.

»Wollen wir gehen?«, fragt sie mich irgendwann.

Ich nicke. Eigentlich ist klar, was sie vorhat. Gleich kommt wieder die berühmte Frage: ›Du bist echt nett. Wollen wir bei mir noch etwas trinken?‹ ... oder so in der Art. Vielleicht soll ich auch ihre Spielesammlung ansehen ...

»Warum eigentlich nicht? Ich sag nur noch schnell Lukas Bescheid, dass ich nicht zu ihm mitkomme.«

Lukas nickt grinsend. Hoffentlich ist das jetzt nicht die falsche Entscheidung. Abhauen geht ja diesmal nicht so einfach, denn ich kann ja schlecht Lukas aus dem Schlaf klingeln. Na egal, dann muss ich da eben durch. Hier ist es jedenfalls grausam, ich bekomme Kopfschmerzen.

Beim Rausgehen werfe ich noch einen Blick zu Lisa. Sie hat wohl zu viel getrunken, denn sie schwankt beim Stehen. Nach einer Schwangerschaft verträgt man doch nichts. Na ja, geht mich nichts an.

Aber sie wirft mir einen kurzen Blick zu. Wütend? Komisch ...

Ich verstehe mal wieder nicht, was los ist und werde ein bisschen traurig.

Maries Wohnung ist keine typische Frauenwohnung. Schlichte, helle Möbel, nicht so viel Krimskrams. Im Grunde ist es mir egal, wie Wohnungen aussehen.

Sie macht Musik an, ganz leise. Die Musik ist gut, tut gut ... endlich! Eine Erlösung nach der viel zu lauten Stimmungsmusik auf der Party. Ich lehne mich zurück und schließe die Augen. »Schöne Musik, die auf der Party war grausig. Wie kann man nur so laut solchen Mist hören.«

Marie kichert und steckt sich ihre dunklen glatten Haare hinters Ohr. »Magst du auch einen Whisky?«

Ich nicke. Marie schenkt uns in schöne Gläser ein. Sie setzt sich neben mich auf das Sofa, Gott sei Dank nicht so dicht.

Und sie mag Whisky, wie schön. Sie versteht auch viel davon. Wir unterhalten uns eine ganze Weile darüber. Die Aromen, die Marken, die Art der Lagerung und natürlich Preise. Es ist wirklich leicht, sich mit Marie zu unterhalten. Sie scheint mich irgendwie zu kennen. Im Laufe der Unterhaltung rücken wir immer dichter zusammen.

»Ich würde dich gerne küssen, darf ich?«, fragt sie mich einfach, als ob man das jeden Tag fragen würde.

Ich nicke. Ja, küssen mag ich ... wenn es sein muss. Der Kuss dauert eine ganze Weile.

»Ich möchte mit dir schlafen«, sagt sie schließlich genauso einfach. »Möchtest du auch?«

Ich kann wieder nur nicken. Warum sollte ich Nein sagen, zu so einem Angebot?

»Wie magst du es?«

Was ist das denn wieder für eine komische Frage? »Ich mags gern auf die harte Tour«, lasse ich vom Stapel und sie fängt an zu grinsen.

»Ist das so?«, sagt sie und streicht mir dabei eine Haarsträhne aus dem Gesicht. »Echter Bad Boy, hm?«, ergänzt sie süffisant. »Du magst nicht so gerne gestreichelt werden, stimmts?«

Woher weiß sie das?

Die meisten merken nicht, dass ich ihnen nur etwas vorspiele, damit ich den Erwartungen entsprechen kann. Ich hab schon als Kind angefangen, so etwas nachzuspielen, meistens aus Filmen. Ich bin echt gut darin!

Woher weiß sie eigentlich alles, was ich mag? Sie macht einfach immer das Richtige, oder fragt einfach? Ich hab noch nie solch eine Frau getroffen.

Ich mag Marie wirklich. Kann es sogar ohne Probleme aushalten, die ganze Nacht zu bleiben. Sie verlangt nichts von mir. Sie ist schon toll, deshalb möchte ich sie wiedersehen. Ich will nicht mehr so viel über Lisa nachdenken! Jetzt muss ich mich nur noch trauen, zu fragen ...

»Ich möchte dich gerne wiedersehen«, sagt sie irgendwann ganz leise und sanft zu mir.

Puh, Glück gehabt. »Ich würde dich auch gerne wiedertreffen«, gebe ich meine ehrliche Antwort zurück. »Lukas hat mir angeboten, in seiner Firma anzufangen, aber ich will weiter in der Forschung arbeiten. Ich muss das Projekt beenden, denn das macht mir wirklich Spaß. Vielleicht kannst du ja am Wochenende kommen und mich besuchen.«

Ich hab es einfach lieber, wenn die Leute zu mir kommen. In die fremde, unbekannte Welt gehen, kostet mich immer viel Kraft und Überwindung.

Marie freut sich, ich kann es in ihrem Gesicht sehen. Ich muss ja immer genau hinsehen, um zu sehen, ob jemand böse ist oder sich freut. Aber diesmal ist es eindeutig.

Sie ist hübsch, nicht so schön wie Lisa, aber ganz nett. Sie hat glänzende Haare und einen schönen Busen. Sie riecht gut, das ist wichtig. Aber sie riecht nicht so gut wie Lisa ...

Lisa, Lisa, Lisa, jetzt reicht es langsam! Ich muss doch wirklich mal auf andere Gedanken kommen. Sonst interessiert mich so was doch auch nicht.

»Ich mag dich, wirklich«, sagt sie zu mir. »Du kannst auch immer zu mir kommen, wann du willst und ich Zeit habe. Schreib mir einfach.« Damit reicht sie mir ihre Visitenkarte. Ich fühle mich gut. Bei Marie habe ich keine Angst, alles falsch zu machen. Das ist schon merkwürdig.

Ich bin jetzt meistens einmal im Monat am Wochenende in der Stadt. Oft treffen wir uns mit Lukas, Jonas und Jan. Jonas hat jetzt auch eine Freundin, Jasmin. Sie sind sogar schon in das Mietshaus von Jonas' Eltern zusammengezogen. Wir verstehen uns alle gut, haben viel Spaß zusammen. Ich fühle mich wirklich wohl. Marie ist gut für mich. Im Moment bin ich wirklich zufrieden mit meinem Leben.

Manchmal denke ich daran, wie es Lisa wohl geht. Aber ich frage nicht und sie erwähnen sie nicht. Sie können ja auch nicht wissen, dass ich immer noch an die Hochzeitsnacht denke und was damals passiert ist ...

Kapitel 7 ~ Lisa

Ich bin wieder zu meinen Eltern, in mein altes Kinderzimmer gezogen. Wie peinlich, dass ich es nötig habe, Schutz bei Mama und Papa zu suchen. Aber momentan bin ich einfach nur froh, dass sie für mich da sind.

Die Poster meiner Jugend hängen immer noch. Ich habe keine Lust, an diesem Zimmer etwas zu ändern. Nein, dauerhaft einrichten will ich mich nicht. Leon schläft in Lukas' altem Zimmer.

In letzter Zeit wälze ich mich nur in meinem Unglück. Normalerweise habe ich für Menschen, die sich gehen lassen, kein Verständnis. Aber ich kann einfach nicht anders.

Es ist wieder Winter. Die Melancholie des letzten Jahrs ist mir noch lebhaft in Erinnerung. Aber diesmal lähmt eine echte Depression meine Glieder, meine Gedanken, meinen Appetit und jeglichen Antrieb. Ich liege nur herum und brüte vor mich hin. Immer wieder kreisen meine Gedanken um die Ereignisse der letzten Monate. Es gibt keine Erklärung, es gibt keine Alternative und damit auch keine Lösung. Diese zweite Schwangerschaft macht mich echt fertig.

Meine Eltern sind von meinem Verhalten nicht begeistert, klar.

Eines Tages sitze ich mit meiner Mutter in der Küche und soll Gemüse schneiden. Dabei habe ich kaum Kraft, morgens aufzustehen. Gedankenverloren rolle ich die Möhre nur hin und her.

»Ich mache mir ernsthaft Gedanken über Abtreibung. Ich muss jetzt handeln, bevor die drei Monate ablaufen.«

Meine Mutter unterbricht ihre flinke Schnippelei. Erschrocken dreht sie sich zu mir herum und sieht mich mit offenem Mund an. »Aber Kind, das könntest du den Rest deines Lebens bereuen! Das kannst du doch nicht machen. Was werden die Leute sagen, über so was wird doch immer geredet. So etwas kann man nicht unter den Teppich kehren.«

Typisch! Das ist ihr einziger Gedanke, was die Leute sagen ...

»Ich fühle mich wie in der Falle. Ich habe einfach keine Ahnung, wie mein Leben mit zwei Kindern und ohne Mann weitergehen soll. Ich kann doch nicht ewig bei meinen Eltern wohnen bleiben!« Ich bekomme einen Knoten im Magen, mein Hals schnürt sich zu und heiß steigen mir die Tränen hoch.

Sieht sie meine Verzweiflung denn gar nicht?

Meine Mutter wischt sich mit dem Arm eine vorwitzige Strähne aus dem Gesicht, betrachtet mich mitleidig. Schnell legt sie ihre Arbeit beiseite und kommt zu mir. Es tut so gut, als sie mich ganz fest in den Arm nimmt. Tröstend wiegt sie mich und streicht mir übers Haar.

»Es wird schon irgendwie weitergehen. Es geht immer irgendwie weiter. Wir werden dir helfen, wo wir können. Bitte, bring dein Kind nicht um. Bitte, überleg es dir«, sagt sie eindringlich zu mir.

Schluchzend nicke ich. Ich glaube, ich wäre wirklich unglücklich mit einer Abtreibung. Ich lehne den Kopf an die Schulter meiner Mutter. Manchmal tut es auch als Erwachsene gut, von den Eltern getröstet zu werden. Mama riecht nach Essen und Kindheitserlebnissen. Ich schließe die Augen und entspanne.

Nach ein paar Tagen bin ich innerlich weitergekommen. Ich bin nicht allein. Ein Leben umbringen, das in mir wächst? Nein, so bin ich einfach nicht. Es muss eine andere Lösung geben.

Leon hält mich halbwegs am Funktionieren. Trotzdem bin ich froh, wenn meine Eltern ihn mir abnehmen. Allerdings werden sie immer ratloser, reden ständig auf mich ein. Aber ich kann mich nicht überwinden, ihnen die ganze Wahrheit zu erzählen. Ich will niemanden an mich heranlassen.

Die Situation ist so verfahren, ausweglos, hoffnungslos … einfach zum Verzweifeln!

In ihrer Hilflosigkeit rufen sie schließlich Johanna. Und die kommt natürlich sofort.

»Mein Gott, was ist das denn hier für dicke Luft!« Schwungvoll reißt sie die Gardinen zurück und öffnet das Fenster. Ja, sie bringt doch überall frischen Wind hinein. In den Sonnenstrahlen, die durchs Fenster dringen, tanzen die Staubkörner.

»So meine Liebe, jetzt mal Butter bei die Fische!«, sagt sie in einem Tonfall, der keinen Widerspruch duldet. »Was ist los?«

»Was soll schon los sein?«, ranze ich genervt. »Mein ganzes Leben ist ein Scherbenhaufen!«

»Willst du dich nicht langsam mal zusammenreißen, deinen Arsch hochkriegen und dein Leben wieder in die Hand nehmen? Du kannst hier doch nicht ewig so dahinvegetieren!«

Nie hat mich ihre resolute Art mehr gestört als heute!

»Du siehst doch, ich kann! Ich hab einfach keine Kraft mehr. Quäl mich nicht! Ich weiß wirklich nicht, wo ich anfangen soll.«

»Mit Reden? Wir haben uns doch immer alles erzählt. Oder damit, dein Leben in die Hand zu nehmen? Wie wäre es, wenn du dich erst mal mit Alex aussprichst? Ihr müsst eure Trennung ja irgendwie regeln. Wenn ich das richtig sehe, wird das wohl nichts mehr mit euch. Allein wirst du es kaum schaffen. Du brauchst nicht nur finanzielle Unterstützung.«

»Ach, wenn du wüsstest ... Ich hab solchen Mist gebaut«, erwidere ich niedergeschlagen. »Ich schäme mich so!«

»Kennst du den Spruch: Ist der Ruf erst mal ruiniert, lebt es sich völlig ungeniert? Also schieß einfach los«, ermuntert sie mich.

»Bei dir ist immer alles so einfach ...«

»Was ist schon einfach? Ich weiß nur, dass es einen nicht weiterbringt, sich im Unglück zu suhlen. Irgendwann muss man sein Schicksal wieder in die Hand nehmen. Sonst macht man sich zum Spielball der Ereignisse.«

Ich nicke und hole tief Luft, um ihr die ganze Geschichte zu erzählen. Während mir die Worte endlich über die Lippen kommen, bleibt ihr der Mund offenstehen.

»Shit!«, bricht es aus ihr heraus, als ich fertig bin. »Also, ich würde dir wirklich raten, dich mal mit Alex zusammen zu setzten. Wenn die Gerüchte stimmen, hat er dir auch eine Menge zu beichten.« Sie schaut mir ernst und vielsagend ins Gesicht.

»Was soll das heißen?«

»Das musst du ihn schon selbst fragen. Ich kenne die Wahrheit nicht. Und spekulieren möchte ich auch nicht«, ist ihre geheimnisvolle Antwort. Wer Johanna kennt, weiß, dass weitere Fragen vollkommen sinnlos sind.

Also, was solls. Johanna hat recht, irgendwann muss ich den Tatsachen sowieso mal ins Auge sehen. Ich verabrede mich mit Alex bei unserem Lieblingsitaliener. In der Öffentlichkeit kann er nicht so in Rage geraten. Das hoffe ich jedenfalls. Wir mögen beide die rustikale Atmosphäre und die herzliche Art des Kellners. Der begrüßt uns immer, als wären wir seine besten Freunde.

Als ich in das Lokal komme, ist der Kellner genauso freundlich und zuvorkommend wie immer. Ich setze mich und bestelle schon mal ein Wasser.

Als Alex hereinkommt, bin ich überrascht. Er sieht schlecht aus, trägt dicke Ringe unter den Augen. Leidet er etwa auch?

Er begrüßt mich mit einem Küsschen auf die Wange. »Hallo Baby«, raunt er liebevoll und zärtlich.

»Hallo«, erwidere ich mit erstauntem Ton.

Was soll ich jetzt von diesem Auftritt halten? Hier steht ein ganz anderer Alex als der, den ich verlassen habe. Wir bestellen unser Essen und reden erst mal nicht, beobachten uns nur verstohlen.

Irgendwann lächelt er mich verlegen an. »Wer fängt an?«

»Ich«, antworte ich schnell und nehme einen kräftigen Schluck Wasser. »Ich muss dir ein Geständnis machen! Aber du musst mir versprechen, dass du ruhig bleibst.«

»Versprochen«, erwidert er und hebt die Hand zum Schwur. »Ich muss dir auch was gestehen.«

»Also.« Einmal tief Luft holen und raus damit. »Leon ist nicht von dir, ich hab dich ausgerechnet in der Hochzeitsnacht betrogen, mit Raphael. Es tut mir unendlich leid! Auch, weil ich danach wohl ziemlich komisch zur dir war.« Betreten senke ich den Blick. »Dass unsere Ehe in die Hose gegangen ist, ist wohl auch meine Schuld.«

Alex zieht einmal scharf die Luft ein. »Da bin ich aber froh!«

Ich sehe ihn fragend an. Mir bleibt der Mund offen, so überrascht bin ich.

»Weißt du, ich wusste es schon. Alle wissen es«, erklärt er. »Sie haben sich doch schon die ganze Zeit über uns das Maul zerrissen. Hast du das nicht schon auf der Halloweenparty gemerkt, dass sie über uns Witze reißen? Das kann dir doch nicht entgangen sein. Es waren zwar nur Spekulationen meiner Kumpel, … aber ich kann schließlich rechnen! Leon ist keine Frühgeburt. Es ist trotzdem tröstlich, dass ich es jetzt von dir höre.« Dann nimmt er meine Hand und streicht mit dem Daumen darüber.

Was soll das denn jetzt? Es wird über mich geredet? Natürlich! Ich hab damit insgeheim ja ohnehin gerechnet. Aber Alex wusste Bescheid und hat kein Wort gesagt? Ich erröte bis zu den Ohren.

Alex scheint meine Gemütslage richtig zu deuten. »Aber bevor du dich jetzt zu Tode schämst: Ich hab dich auch betrogen, mit Barbie. Auch das ist im ganzen Dorf bekannt. Ich musste mir ständig den Spott anhören, dass deine Retourkutsche sehr gelungen wäre«, erklärt er mir mit einem verlegenen Lächeln.

»Wann war das denn? Vor dieser Party? Ich hab nichts mitbekommen«, erwidere ich. Bin ich wirklich überrascht? Oder wollte ich es nur nicht wissen und habe das Ganze verdrängt? Möglicherweise hat es mich im tiefsten Inneren gar nicht interessiert? Dann hätte ich ihn bereits zu diesem Zeitpunkt definitiv nicht mehr geliebt.

»Wirklich nicht? Angefangen hat es schon vor unserer Ehe«, bestätigt er meine Gedanken.

Diese Aussage versetzt mir einen Stich, den er mir ansieht.

»Ich weiß auch nicht, welche Knöpfe Babs bei mir drückt. Sie ist zwar, gelinde gesagt, nicht das hellste Licht auf der Torte, aber sie ist ein lieber Mensch. Und sie liebt mich, und ich ... ich liebe sie auch. So jetzt ist es raus!« Er spielt mit einem Bierdeckel. »Außerdem liebt sie Oralsex«, fügt er überflüssigerweise hinzu.

Dafür würde ich ihm jetzt am liebsten eine scheuern. Aber wir wollten ja miteinander reden. »Ja, schon klar. Oralsex ist natürlich eine sehr wichtige Sache. Wenn du sie liebst, und mit ihr auch noch so fantastischen Oralsex hast, wieso hast du mich dann überhaupt geheiratet?«

»Schau dich doch mal an. Du bist wunderschön, lieb, fleißig und so klug. Du bist der Hauptgewinn! Jeder hätte mich für bescheuert erklärt, wenn ich dich für Babs verlassen hätte. Ich wollte dich auch nicht enttäuschen. Es war doch irgendwie immer klar, dass wir einmal heiraten.«

»Man kann doch nicht heiraten, nur um irgendwelchen Erwartungen zu entsprechen!«, ranze ich und er weicht instinktiv vor mir zurück. »Das kann doch nicht dein Ernst sein. Man heiratet doch nicht, wenn man sich nicht mehr liebt.«

Alex setzt sein Trotzgesicht auf. »Wirklich nicht? Du bist also aus Liebe zu mir fremdgegangen? Warum hast DU mich denn überhaupt noch geheiratet? Unsere Beziehung war doch schon länger zu Ende. Wir wollten es nur beide nicht wahrhaben.«

»Wirklich kluge Worte«, rüge ich ihn. »Ich wünschte mir nur, du hättest sie früher zu mir gesagt.«

Er sieht bei dieser Antwort ganz und gar nicht glücklich aus. Wer hätte das gedacht ... der coole Alex! Auch nur ein Mensch, der geliebt werden und es allen recht machen will.

»Ja, vielleicht ... nein, bestimmt wäre das besser gewesen. Aber diese Frage kann ich dir genauso stellen.«

Da hat er natürlich recht. Warum habe ich ihm nicht die Wahrheit gesagt? Weil ich ihn so geliebt habe, dass ich ihn nicht verletzen wollte? Wohl kaum. Nein, in Wirklichkeit war die Wahrheit unbequem ... mehr als unbequem.

»Ich habe ja auch meine Strafe bekommen«, sagt er und reibt sich angespannt übers Gesicht. »Jedenfalls wollte Babs nach der Hochzeit nichts mehr von mir wissen. Sie schläft nicht mit verheirateten Männern, hat sie gesagt. Ich bin immer wütender geworden, wusste nicht mehr, was ich machen sollte.«

Er sieht so unglücklich aus, dass er mir fast leidtut.

»Na ja, die Wut hast du dann abbekommen, es tut mir wirklich so leid! Ich habe auch einfach zu viel getrunken damals. Verzeihst du mir?«, beschwört er mich mit flehendem Blick.

Kann ich das? Ich tu mir schwer. Doch dann drängen sich meine eigenen Fehler ins Gedächtnis ...

»Auf der Halloweenparty bin ich Babs endlich wieder nähergekommen. Dann ist dieser dämliche Raphael hinter uns her, hat gesagt wir sollen uns schämen. Und das hat sie dann auch, wir haben uns seitdem nicht wieder gesehen. Mir ist klar, ich war das absolute Arschloch. Ich wollte zwei Frauen und jetzt hab ich gar keine.« Schamhaft verbirgt er sein Gesicht in seinen Händen, reibt immer wieder darüber.

Heult er etwa? Soll ich jetzt Mitleid haben? Aus Frust solch eine Wut aufzubauen und sie dann an mir abzulassen?

»Jetzt kann ich mir dein Verhalten wenigstens erklären«, dieser Satz verlangt mir einiges ab. Aber schließlich hat er ja auch von meinem Fehltritt gewusst und nichts gesagt. Er hat die Kröte geschluckt, so gut es eben ging.

Wie soll ich denn jetzt bloß reagieren? Ihm verzeihen? Ich betrachte ihn noch einmal. Er wirkt wie ein Häufchen Elend.

»Ich weiß, ich hab alles falsch gemacht. Ich wünschte, ich könnte die Zeit zurückdrehen«, flüstert er mit gesenktem Kopf.

Oh Mann, Lisa. Gib dir einen Ruck. »Dann sind wir ja jetzt wohl quitt.« Aber zu einem Lächeln kann ich mich nicht durchringen. »Ja, wir haben beide Fehler gemacht«, gebe ich zu.

Hab ich ihn jetzt zu gut wegkommen lassen? Wenn er so ist wie jetzt, kann ich ihm nicht wirklich böse sein. Wir haben uns schließlich mal geliebt.

Da ist er wieder, der nette, liebe Alex, den ich mal geheiratet habe.

»Was findet ihr Frauen nur an diesem Nerd, Raphael?« Er sieht zu mir und zieht seine Stirn kraus.

Der nette, liebe Alex? Muss diese Bemerkung jetzt sein? Dann fällt mir ein, dass Raphael sich auch nicht gerade vorbildlich verhalten hat.

Ich zucke nur mit den Schultern. »Eigentlich weiß ich das auch nicht. Er ist ein gottgleiches Wesen ... geschaffen aus einem Eisblock.«

Alex grinst.

Eine Zeit lang beobachten wir uns nur stumm.

»Stimmt es, dass du wieder schwanger bist?«, bricht er das Schweigen.

Ich nicke. Das hatte ich fast verdrängt.

Jetzt sieht er mich eindringlich an. »Seit wann?«

»Was denkst du? Dass die Befruchter bei mir Schlange stehen? Es muss in der Halloweennacht passiert sein. Weißt du wirklich nicht, was da geschehen ist? Hast du mit mir geschlafen? Ich kann mir nicht vorstellen, dass ich dich noch mal betrogen habe.« Ich bin mir nicht sicher, ob er meinem prüfenden Blick standhält.

»Ich hab mir immer damit schwergetan, mir vorzustellen, dass du mich betrogen hast. Ich hab dich so bewundert, deine Souveränität, die Geradlinigkeit. Das hat sich allerdings erledigt. Soweit ich das jedenfalls mitbekommen habe, hattest du kaum eine Möglichkeit zum Fremdgehen«, antwortet er ausweichend.

Typisch Alex, da hat er sich mal wieder an einer klaren Aussage vorbeigemogelt. Trotzdem, diese Antwort beruhigt mich irgendwie. Vielleicht kann er sich ja wirklich nicht richtig erinnern.

»Ich bin ganz schön durch mit allem. Wieso habe ich mich so lange selbst belogen? Ich hätte viel früher die Notbremse ziehen müssen, dann wäre das alles nicht so eskaliert«, gebe ich ein wenig zerknirscht zu. Hätte ich wohl besser auch vor mir selbst längst zugeben sollen. Mit Gefühlen sollte man besser ehrlich sein, von Anfang an.

Alex nimmt meine Hände und lächelt mich an. »Ach Baby, ich bin so froh, dass wir endlich geredet haben. Ich war ja so ein Feigling!«

Ich lächle erleichtert zurück.

Das Essen kommt. Dabei unterhalten wir uns über alles Mögliche. Wie die Trennung vonstattengehen soll. Wie wir die finanzielle Seite regeln. Da ist er wieder, der Alex, in den ich mich mal verliebt hatte: souverän, charmant und großzügig. Vieles ist eben doch nicht so, wie es auf den ersten Blick aussieht. Kein Mensch ist nur schwarz oder weiß, gut oder böse.

»Du solltest dich noch mal mit Barbie aussprechen«, rate ich ihm am Schluss. »Ich werde ihr schreiben, sie soll dir zuhören. Vielleicht bekommst du dann noch eine Chance.«

»Danke«, sagt er, als wir gehen. »Danke für alles.« Dann bekomme ich einen Kuss auf den Mund, ganz freundschaftlich und zärtlich. Ein Abschiedskuss, der einen versöhnlichen Schlussstrich unter unsere verkorkste Ehe zieht.

Mir ist ein zentnerschwerer Stein von meiner Seele genommen.

Jetzt kann ich endlich mein neues Leben anfangen ... ohne Mann.

Ein paar Tage später komme ich aus dem Staunen nicht mehr heraus. Mein Ex legt sich jetzt wirklich ins Zeug. Er kommt öfter vorbei, spielt ein bisschen mit Leon. Hilft, wo er helfen kann. Er macht mit mir sogar einen Geburtsvorbereitungskurs.

Meine Eltern sehen mich nur fragend an. »Wollt ihr euch nicht wieder versöhnen, den Kindern zuliebe?«

»Nein!«, ich schüttle energisch den Kopf. »Unsere Ehe ist zu Ende. Definitiv! Wir halten es zusammen nicht mehr aus. Alex liebt jemand anderen.«

Und ich auch! Das füge ich aber nur in Gedanken hinzu. Natürlich würde ihnen jedes Verständnis fehlen, selbst wenn sie die ganze Geschichte erfahren würden.

Nach der überstandenen Winterdepression sehe ich jetzt endlich wieder mit Zuversicht in meine Zukunft. Frühling, auch für meine Gefühle. Alles wird sich regeln. Ich bin nicht allein. Alex weiß Bescheid, wir sind im Reinen.

Jetzt muss ich nur noch zu Raphael Kontakt aufnehmen. Wenn er bloß keine Freundin hätte ... Wahrscheinlich wird er mich auslachen. Vor dem Gesetz ist ja Alex der Vater.

Morgen, Morgen werde ich es in Angriff nehmen ... vielleicht.

Kapitel 8 ~ Lisa

Im Juni, drei Wochen vor dem errechneten Geburtstermin, bemerke ich im Bad, wie mir Wasser das Bein herunterläuft. Habe ich mir jetzt in die Hose gemacht?

Nein, ich habe ja gerade gepinkelt, das kann nur Fruchtwasser sein. Die Fruchtblase ist geplatzt! Was soll ich jetzt nur machen? Meine Eltern sind beim Bridgeabend, dort sind sie telefonisch nicht zu erreichen. Ich muss mir einen Krankenwagen rufen ... oder Alex. Ja, Alex ist die Lösung.

»Ich komme sofort Baby!«, ruft er aufgeregt. »Pack schon mal deine Tasche!«

»Ja, mache ich«, antworte ich. »Und fahr vorsichtig! Bitte!«

Als er kommt, legen wir einen Plastiksack auf den Sitz und Alex fährt sicher und zügig zum Krankenhaus. Autofahren kann er.

Er begleitet mich in den Kreißsaal und weicht mir nicht von der Seite. Stützt mich beim Laufen, leidet bei jeder Wehe mit. Durch den Geburtsvorbereitungskurs kennt er sich aus und weiß, wo er helfen kann.

»Atmen, Baby ... Du musst die Wehe wegatmen.«

»Ich möchte dich am liebsten wegatmen!«, schnauze ich ihn an. Als der Wehenschmerz nachlässt, tut es mir natürlich leid. »Sorry, das war nicht nett, aber du machst dir keinen Begriff, was das für Schmerzen sind«, stöhne ich.

Natürlich hat er Verständnis. »Kein Problem, Baby«, bemerkt er großzügig. Er hat nur noch Verständnis.

Sechs Stunden unterstützt er mich. Spricht mit meinen Eltern, die schnellstmöglich nachgekommen sind. So viele Menschen um mich zu haben, ist sehr anstrengend. Kopfschüttelnd sehe ich zu ihm rüber, er versteht.

»Sorry, Lisa sind es gerade zu viel Menschen. Ich glaube, wir schaffen das hier auch allein«, erklärt er höflich.

Meine Eltern nicken. Sie haben die stumme Kommunikation bemerkt und sehen: Ich bin in guten Händen. Sie verstehen, dass ich nicht so viele Leute um mich ertragen kann, und gehen wieder.

»Ich melde mich, sobald irgendetwas Besonderes passiert. Spätestens, wenn das Kind da ist«, sagt er ihnen beim Hinausgehen.

Er ist so liebevoll und aufmerksam. Ganz mein alter Alex.

Die Presswehen setzen ein, er hält meine Hand und küsst sie die ganze Zeit aufgeregt. Als dann das Köpfchen endlich draußen ist, geht alles ganz schnell und der Rest flutscht raus. Die Hebamme legt mir das Kind mit der Käseschmiere auf den Bauch. Alex steht das Wasser in den Augen und auch mir laufen die Tränen nur so runter. Ein sehr emotionaler Moment, den wir sicherlich nicht vergessen werden.

Das Kind wird von Alex nicht aus den Augen gelassen. Nachdem die kleine Anna untersucht, und etwas gesäubert ist, bringt er sie stolz zu mir und legt sie in meinen Arm.

»Danke Baby«, murmelt er mit gebrochener Stimme. Die Rührung ist ihm anzumerken. »Ich bin dir so dankbar, dass du mein Kind geboren hast.«

Liebevoll nimmt er mein Gesicht in beide Hände und sieht mich mit funkelnden Augen an. Dann küsst er mich lange und intensiv. Ich kann spüren, wie er alle Liebe in diesen Kuss fließen lässt. Das trifft mich im Kern.

Danach legt er seine Stirn an meine. »Ich werde alles für dich und meine Tochter tun. Du kannst dich immer auf mich verlassen, hörst du? Sie wird wohl mein einziges Kind bleiben. Babs kann keine Kinder bekommen.«

Den Kommentar muss ich jetzt erst einmal verarbeiten, bevor ich zögernd antworte. »Oh, das mit Barbie tut mir leid.« Dann wird mir klar, was er damit noch gesagt hat. »Du bist dir also doch sicher, dass sie deine Tochter ist? Sei ehrlich, bitte.«

»Ach Baby, Mensch, ja!«, gibt er schließlich zu. »Ich fühl mich wie ein Schwein, dass ich damals schon wieder meinen Frust an dir abgelassen habe ... Ich hab geglaubt, du erinnerst dich nicht mehr ... Wer kann denn ahnen, dass es gleich ein Volltreffer wird ... Ich war doch selbst kanonenvoll. Ich will auch alles tun, um es wieder gut zu machen ... Bitte, bitte! ... Du musst mir irgendwann verzeihen!« Seine Stimme bricht. Er zeigt mal wieder echte Reue. Ja, das hat er einfach drauf.

»Mann.« Tief durchatmen. Eigentlich habe ich das ja auch geahnt. »Was soll ich jetzt mit dir machen? Ruf erst mal meine Eltern an.«

Er atmet mit einem leisen Seufzer aus. Ein erleichtertes Lächeln zeigt sich auf seinen Lippen. Dann eilt er aus dem Raum, um zu telefonieren.

Alex ist jetzt ganz der stolze Vater. Er hat sich Annas Namen sogar mit Geburtsdatum auf den linken Oberarm tätowieren lassen. Auf merkwürdige Weise kommt mein Leben jetzt in Ordnung.

Er ist noch für mehr Überraschungen gut. »Irgendwie ist die Wohnung so leer. Wenn du willst, Baby, kannst du ja wieder zu mir ziehen. Ich verspreche dir auch hoch und heilig: keine Übergriffe mehr! Aber ich könnte dir bei den Kindern helfen. Babs ist auch nicht allzu oft da, hat immer noch ihre eigene Wohnung. Sie will es mit uns langsam angehen lassen«, sagt er bei einem seiner Besuche.

Dieses Angebot ist ja lieb, geht mir aber doch zu weit. »Nein danke, ich bleibe vorläufig hier. Ich will mir so schnell wie möglich eine Arbeit suchen und dann in eine eigene Wohnung ziehen. Bis dahin können mir meine Eltern besser helfen. Sie sind ja meistens zu Hause«, antworte ich und ziehe Leon auf meinen Schoß.

Leon ist ein liebes Kind, nur Schmusen mag er nicht. Deshalb windet er sich aus meinen Armen und wendet sich weiter seinem Spielzeug zu.

»Du musst es selbst wissen. Mein Angebot bleibt jedenfalls bestehen. Ich würde gerne mehr Zeit mit den Kindern verbringen.«

Damit meint er natürlich hauptsächlich seine Anna, die er wie eine kleine Königin behandelt. Er beschäftigt sich aber auch mit Leon, gibt sich Mühe. Gott sei Dank scheint der Junge eine Vorliebe für Fußball zu entwickeln.

Natürlich ist auch bei Anna eine schnelle Taufe unvermeidlich. Dieselbe steife Veranstaltung, wie schon bei Leon. Doch diesmal haben sie Alex im Visier. Seine Mutter meint: »Jetzt, wo ihr euch wieder vertragen habt, könnt ihr doch noch einen Versuch starten. Denkt doch mal an die Kinder. Diese kleine Friseuse, das ist doch nichts für dich, Junge!«

Warum müssen sich Eltern eigentlich immer einmischen?

»Mutter, du weißt, das mit Lisa und mir geht nicht mehr! Außerdem ist Babs ein wirklich guter Mensch, so liebevoll. Sie liebt mich und ich sie! Aber davon verstehst du ja nichts!«

Sieh mal einer an, die wundersame Wandlung des Alex S.!

Jetzt habe ich den Wunsch, ihm zu helfen. »Es hat wirklich keinen Zweck, wir lieben uns einfach nicht mehr genug. Den Kindern gehts am besten, wenn die Eltern sich gut verstehen. Und das klappt bestimmt nicht, wenn wir etwas vortäuschen, was gar nicht existiert.«

Beide Eltern murren. Sollen sie doch, ich weiß jetzt, was ich will.

Wie versprochen, kommt Alex so oft wie möglich vorbei und spielt mit Leon. Am meisten schmust er natürlich mit Anna und hilft mir. Und zwar da, wo ich wirklich Hilfe brauche.

»Soll ich dir Anna zum Stillen bringen?«, fragt er.

»Ich hab mit dem Abstillen angefangen, Alex.«

Er hat gerade die kleine Anna auf dem Arm, wiegt sie hin und her. Anna genießt die Aufmerksamkeit sichtlich. Wie alle Babys liebt sie es, herumgetragen zu werden.

»Ist das nicht sehr früh?« Überrascht sieht er erst mich und dann die kleine Anna an. »Leon hast du doch fast ein Jahr gestillt.« Dann streichelt er über ihr kleines Gesichtchen, als hätte er Angst, Anna würde zu kurz kommen.

»Ja, klar ... irgendwie schon, aber ich möchte endlich hier ausziehen. Dafür muss ich Geld verdienen und das kann ich nicht, wenn ich stille. Meine Mutter hat mir erzählt, dass sie nur ein paar Wochen gestillt worden ist. Damals war es wohl unmodern zu stillen. Die Krankenkassen haben sogar Stillgeld bezahlt, um die Mütter dazu anzuhalten. Wenn es dann nicht mehr floss, haben sie meistens abgestillt. Johanna hat auch nur ein paar Wochen gestillt und dann gleich wieder angefangen zu arbeiten. Ich denke, ein halbes Jahr Stillen muss in diesem Fall einfach reichen.«

Alex sieht unglücklich aus. »Was ist mit meinem Angebot? Du kannst doch zu mir ziehen.«

Ein ernster Blick von mir reicht, schließlich ist es mein Leben.

»Wenn du meinst, Baby, du musst es wissen«, murmelt er enttäuscht.

»Es hat doch auch Vorteile, wenn ich nicht mehr dabei sein muss. Du kannst die Kinder dann auch mal ganz zu dir nehmen, vielleicht sogar übers Wochenende«, versuche ich, ihn zu trösten.

Sein Blick hellt sich auf. Manchmal braucht man eben nur die richtigen Argumente. »Hast du denn schon angefangen, dich zu bewerben?«

»Noch nicht, nächste Woche soll es aber losgehen.«

Alex nickt. »Sag Bescheid, wenn ich irgendwie helfen kann.«

Wir sind mittlerweile wirklich gute Freunde geworden. Er ist eben auf seine eigene Weise ein Traummann. Mit dem Fehler, dass wir uns nicht mehr lieben ...

»Süße, du suchst doch immer noch eine Wohnung?«, fragt Johanna mich, als sie mich besucht.

»Na klar. Warum?«

Johanna klatscht aufgeregt in die Hände. »Weil in unserem Haus gerade eine frei geworden ist.« Sie strahlt dabei über das ganze Gesicht.

»Oh, das wäre ja super!«

Das Haus von Johannas Eltern wurde in unserem Nachbarsstädtchen gebaut. Sie hatten früher Landwirtschaft und finanzieren sich ihre Rente nun mit den Mieteinnahmen.

»Das ist super! Das Beste ist aber, sie liegt direkt neben meiner Wohnung«, ergänzt Johanna und umarmt mich.

Die Wohnung ist wirklich schön und günstig. Das Schicksal meint es anscheinend wieder gut mit mir.

Alle helfen mir beim Umzug meiner Siebensachen. Allen voran Alex, Kevin, Lukas, aber auch Jan und Jonas kommen vorbei. Meine Eltern und Johanna helfen mir beim Putzen und Einräumen. Wie gut, dass ich so viele Freunde habe. So ist der Umzug an einem Tag erledigt.

Seit ich nun endlich in meiner eigenen Wohnung lebe, ist mein Leben etwas Ereignisreicher geworden.

Morgens bringe ich die Kinder in den Kindergarten, danach arbeite ich halbtags bei Mercedes-Hellmann in der Buchhaltung. Einen Job zu bekommen war dank der Ausbildung zum Bilanzbuchhalter kein Problem.

Mittags werden die Kinder abgeholt. Ich koche und spiele mit ihnen, oder wir unternehmen etwas.

Babysitter habe ich genug. Johanna und Kevin, Alex, seine Eltern und natürlich meine Eltern. Wenn sie die Kinder nicht regelmäßig nehmen müssen, sind sie sogar begeistert. Ohne solchen Rückhalt könnte ich das Ganze aber nicht stemmen. Wer würde sich sonst um die Kinder kümmern, wenn sie mal krank sind? Sicher, man hat Anrecht auf Freistellung. Aber welcher Chef sieht so etwas schon gerne?

So oft ich die Möglichkeit habe, gehe ich rüber zu Johanna. Das ist praktisch, weil ich die Kinder mitnehmen kann und Leon spielt dann mit Jos Sohn Moritz.

Abends, wenn die Kinder schlafen, reicht ein Babyfon bis in ihre Wohnung. Sie liegt ja direkt neben unserer. So kann ich, wie in alten Zeiten, mit Johanna plaudern. Besonders freitags ist jetzt wieder unser Abend, denn da hat Kevin sein Bikertreffen.

Meistens ist Johanna aber mit Kevin allein zu Haus. Deshalb habe ich dann oft das Gefühl, zu stören. Vielleicht bilde ich es mir auch nur ein, aber ich fühle mich dann wie das fünfte Rad am Wagen.

Also muss ich es mir oft selbst zu Hause gemütlich machen. Ich bin ein richtiger Kitschfreund, sehe gerne Liebesfilme.

Und da Kopfkino keine schlechten Schauspieler kennt, habe ich neuerdings auch das Lesen entdeckt. Ein Riesenangebot für billige, nein preiswerte, einschlägige Literatur gibt es als eBooks. Einfache Unterhaltung, mit der man dem Alltag entfliehen kann.

Die taffe Johanna ist auch regelrecht süchtig nach diesem Schmalz. Sie schämt sich noch nicht einmal dafür. Sie schämt sich für gar nichts!

Ich allerdings geniere mich ein bisschen für meine trivialen Vorlieben. Obwohl Johanna als Maschinenbauingenieurin einen männlichen Beruf hat, trägt sie auch Kleider und Röcke und hat wirklich kein Problem mit den Gegensätzen. Die Wahl zur ›Miss No Problem‹ würde sie spielend gewinnen.

Wieder einmal mache ich es mir mit einem Buch zu Hause gemütlich. Schokolade und Rotwein gehören natürlich dazu.

Ja, mein Leben ist schon ziemlich aufregend ...

Mein aktueller Roman bietet viel Erotik, wenig Liebe. Kommt vielleicht noch ... Ich liebe einfach emotionsgeladene Liebesgeschichten. Erotische Szenen gehören für mich dazu. Sie sind das Salz in der Kitschsuppe.

Meine sexuellen Erfahrungen halten sich ja, realistisch gesehen, stark in Grenzen. Deshalb kann es auch nicht schaden, auf diese Weise etwas dazuzulernen. Beispielsweise, wie der perfekte Blowjob aussieht. In der Praxis kann ich zwar Oralsex nichts abgewinnen, kurioserweise ist er aber Bestandteil meiner erotischen Fantasien.

Was ist das mit dem Oralsex? Die Frauen in den Romanen sind immer ganz wild darauf. Eigentlich stehe ich auf leidenschaftlichen, ganz normalen, gefühlvollen Sex. Wenn ich so einen ganz normalen Blümchensexorgasmus hatte, kann der Gang-Bang im Kopf abgeblasen werden ... im wahrsten Sinne des Wortes. Zugegeben, nur von Blümchensex zu lesen wäre ziemlich langweilig ...

Dieses Buch endet mit einem grandiosen, erotischen Showdown. Oh Mann, jetzt bin ich ganz wuschig geworden. So ein Supermann, das wäre doch auch etwas für mich ...

Diese Romane zu lesen ist, wie gephotoshopte Bilder von Models anzuschauen und sich dann zu dick zu finden. Nur perfekte Männer ... Ich verliebe mich in fast jeden von ihnen. Mit dem Ende des Buchs kommt dann der große Trennungsschmerz. Dagegen hilft nur eins: Sich in einen Neuen verlieben ...

Okay, sich antörnen zu lassen, ohne sich nachher austoben zu können, ist, zugegebenermaßen, verdammt anstrengend. Es muss langsam mal etwas passieren. Jetzt! Bitte kein Date mehr mit meinem elektrischen Lover!

Wenn ich darüber nachdenke, was sich leider oft nicht vermeiden lässt, möchte ich nur einen einzigen Mann. Sein Bild taucht immer wieder auf. Egal, wie viel Mühe ich mir gebe, es zu verdrängen.

Aber der hat eine Andere.

Irgendwie sollte ich mich jetzt wirklich langsam mal anderweitig orientieren. Ob ich mich bei einer Partnerbörse anmelden soll? Oder mal so eine Handy-App ausprobieren?

Kapitel 9 ~ Lisa

Ich nehme es als Wink des Schicksals, als wieder einmal mein attraktiver Chef, Frederic Hellmann, an meinem Arbeitsplatz auftaucht. Blond, gut gebaut und mit jungenhaftem Charme erinnert er mich an Liam Hemsworth. Woher ich den kenne? Na, aus den ›Tributen von Panem‹. Ich lese doch keine Klatschzeitungen!

»Guten Morgen Frau Schmidt«, begrüßt er mich freundlich. Das tut er jeden Morgen, ganz unbefangen und natürlich. »Ich habe mich gefragt, was unsere neue Mitarbeiterin in Ihrer Freizeit so macht?«

»Ich habe zwei kleine Kinder, um die ich mich kümmern muss, da bleibt nicht viel Freizeit«, erwidere ich skeptisch.

»Könnten Sie die nicht mal für ein Wochenende bei Oma und Opa parken und mit mir ein Wochenende an die Côte d'Azur fahren? Ich habe dort eine Yacht! Passt das Wochenende in vierzehn Tagen?«

»Aus welchem Anlass? Warum wollen Sie ausgerechnet mit mir fahren?« Dieses Angebot kommt mir etwas merkwürdig vor!

»Ich brauche Unterstützung bei einem Projekt. Ich denke, Sie sind genau die Richtige dafür.«

Mein Gott, Südfrankreich, und das im Juni! Ein Traum! Dort ist das Wetter mit Sicherheit besser. Dieser regnerische Juni nervt.

Was das wohl für ein Projekt ist? Vielleicht zweideutig? Möglicherweise so etwas wie ein Date? Wie gerne würde ich für ein Wochenende raus aus der Tretmühle. Vielleicht ergibt sich ja mit dem heißen Chef auch heißer Sex? Oder sogar noch mehr ... Wäre das gut! Echter Sex, kein Vibrator. Was würde ich dafür geben!

Na ja, Sex mit dem Chef ist eigentlich keine so gute Idee. Aber langsam ist mir alles egal, ich setze bestimmt schon Spinnweben an! Wenns in die Hose geht, suche ich mir eben eine neue Arbeitsstelle. Aber Frederic ist einfach hot! Diese Chance lass ich mir nicht entgehen!

»Ich werde mal meine Eltern fragen«, erwidere ich eifrig, nachdem ich mich durchgerungen habe.

Wenn das nicht klappt, springt bestimmt Alex ein. Aber ich sollte mir meine Begeisterung nicht so anmerken lassen.

»Machen Sie das, und geben Sie mir dann Bescheid«, antwortet er freundlich.

Yes!!! Meine Eltern haben zugestimmt, die Kinder für das Wochenende zu nehmen. Ich bin so aufgeregt wie ein Kind zu Weihnachten. Das Wochenende steht bevor, danach nur noch eine Woche auf der Arbeit herumbringen. Dann die große Freiheit. Jetzt ist auf einmal alles möglich!

Es ist Freitagabend, unser fester Mädelsabend. Johanna und ich können in Ruhe zusammen quatschen, denn Kevin ist auf seinem Bikertreffen.

Kevin ist ein herzensguter Mensch, sieht wirklich heiß aus, mit Sixpack und Tattoos. Er ist auch, laut

Johanna, eine Granate im Bett. Angeblich hat er das volle Programm aus unseren Erotikschmonzetten im Repertoire.

Dabei leben sie in einer unüblichen Rollenverteilung. Johanna arbeitet Vollzeit, Kevin macht den Haushalt und versorgt den kleinen Moritz. Natürlich ist die Qualität seiner Hausarbeit mehr schlecht als recht. Dafür kümmert er sich wirklich rührend um seinen Sohn. Außerdem verdient er Teilzeit etwas im Fitnessstudio dazu. Seine Muskelaufbaukurse sind auch von Frauen gut besucht, die ihn sabbernd anschmachten – wie peinlich. Leider ist er, sagen wir mal, intellektuell gesehen, etwas einfach gestrickt. Beide scheint das Bildungsgefälle aber nicht zu stören. Und das ist ja die Hauptsache.

Irgendwie sehe ich Parallelen zu Alex und Barbie. Kevin ist eben auch so eine Art Traummann, mit Defiziten, ohne Frage. Aber wer ist schon perfekt? Johanna meint jedenfalls, dass Reden sowieso überschätzt wird. Dafür hat sie ja schließlich auch noch mich. Sie muss es ja selbst wissen. Für mich wäre das nichts.

»Ich habe beschlossen, dass deine ich-brüte-allein-vor-mich-hin-Phase jetzt vorbei ist«, überfällt sie mich, gleich beim Ankommen. Dabei macht sie Gänsefüßchen mit den Fingern in der Luft. »Heute gehen wir in den Club! Ich habe meine Mutter gefragt, sie übernimmt das Babysitten.« Wer Johanna kennt, weiß, dass sie jetzt keinen Widerspruch duldet.

Wir haben nur einen Club in unserem kleinen Städtchen, aber immerhin! Beide lieben wir das Tanzen. Johanna brezelt sich dafür so gerne auf und ich bin eher der Jeans-mit-Top-und-Chucks-Typ. Es handelt sich allerdings um richtige Mädchen-Chucks, mit viel Bling-Bling. Dazu lege ich extra viel Kriegsbemalung auf. Außerdem nehme mir viel Zeit für meine Haare. Ein klares Zugeständnis an meine weibliche Seite.

»Nächste Woche fahre ich übers Wochenende mit meinem Chef nach Südfrankreich auf seine Yacht. Dann fällt unser Abend aus«, erzähle ich Johanna während unserer Schminkorgie.

Johanna sieht mich entgeistert an, dabei fällt ihr der Schminkpinsel aus der Hand ins Waschbecken. »Am Wochenende in Südfrankreich? Bist du dir sicher, dass es sich um Arbeit handelt?«

»Na ja, ganz sicher bin ich natürlich nicht. Frederic sagt, er braucht mich für ein Projekt«, gebe ich zu.

Johanna rümpft die Nase. »Frederic? Duzt ihr euch etwa schon?«

»Nein, selbstverständlich nicht. Aber er ist wirklich nett. Er hat mit Lukas Abitur gemacht. Irgendwie ist er mir dadurch nicht ganz unbekannt. Und dann sieht er auch noch sehr gut aus. Ich hätte nichts gegen eine Affäre mit ihm.«

Johanna schüttelt den Kopf. »Du musst es ja wissen, bist schließlich erwachsen. Aber pass auf dich auf, lass dich nicht ausbeuten!«

»Ja klar, versprochen! Er ist wirklich nett. Ich hab bei der ganzen Sache kein schlechtes Gefühl. Er hat auch nicht den Ruf, seine Angestellten zu vernaschen, sonst hätte ich mich nicht auf so was eingelassen. Selbst meine Eltern haben keine Bedenken.«

»Na ja, wenn du meinst. Komm, lass uns jetzt aufbrechen! Ich glaube, meine Mutter ist gerade gekommen.«

Johannas Mutter ist tatsächlich gerade gekommen. Sie hat natürlich einen Schlüssel zur Wohnung.

»Ich wünsche euch viel Spaß, Mädels. Und passt auf euch auf!«, ruft sie uns hinterher, als wir die Wohnung verlassen.

»Machen wir!«, antwortet Johanna übermütig.

Ja, ich glaube auch, Spaß, den werden wir haben ...

Wenn wir zusammen tanzen, halten wir immer unsere Rücken zusammen, sonst hat man schnell einen Alpha-Kevin an der (Arsch-) Backe. Johanna hat schon einen und ich will keinen!

Anmachen bitte nur frontal! Dabei lassen wir uns auch gerne Getränke spendieren. Natürlich nur direkt von der Bar, damit keiner etwas reinkippen kann. Es ist doch keine Schande, wenn man einen Nutzen aus seinem Aussehen zieht, oder? Nachteile hat man ja schließlich als Frau genug! Also, Schwamm drüber!

Ausgepowert, und mit ein paar Promillchen im Blut, kommen wir wieder zu Hause an. Johanna zieht kichernd ihre Schuhe aus.

Hannas Mutter lächelt uns an, als wir das Wohnzimmer betreten. »Na, hattet Ihr Spaß?«

Wir schauen uns an und grinsen. »Klar«, kommt es im Duett. »Und du, hattest du Ruhe?«, fragt meine Freundin.

»Sie haben die ganze Zeit wie die Engel geschlafen.«

»Was hast du denn den Abend so gemacht?«, fragt Johanna. Sie lässt sich dabei lässig auf das Sofa neben ihre Mutter plumpsen und zieht den Fuß an.

Ich setze mich auf einen Sessel, natürlich anständig.

»Na was schon, eure schlüpfrigen Romane gelesen«, antwortet sie mit einem schiefen Grinsen. »Wisst ihr, früher habe ich bei Liebesromanen immer so auf den ersten Kuss gewartet, gedacht: Küsst euch doch endlich! Davon kann ja heute keine Rede mehr sein. Wenn ich das so lese, befürchte ich immer, ich muss meine Bucket-Liste überarbeiten.«

»Ich habe im wirklichen Leben so viel erlebt. Habe eigentlich nie gedacht, dass noch etwas fehlt. Trotzdem bekomme ich beim Lesen eurer Bücher das Gefühl, es fehlt doch noch etwas ... Ich hab zum Beispiel noch nie über ein Sixpack geleckt ...«, sagt sie nach einiger Zeit nachdenklich.

Ja stimmt, ihr Mann hat ein kleines Bäuchlein. Ich muss ein wenig in mich hineingrinsen.

»Dreier oder sogar Vierer fehlen auch noch ... Also Kinder ich weiß nicht, ich gehöre noch zu den letzten Ausläufern der Hippiezeit. Da war die freie Liebe gefragt, aber die Menschen mussten nicht perfekt sein. Wer nicht schön war, brauchte Ausstrahlung, oder hatte etwas anderes zu bieten. Überhaupt dieser Schönheitswahn, alle diese Männer haben ein Sixpack, Tattoos und Geld, jede Menge Geld. Und dann schmecken alle immer nach Minze oder Erdbeere ... einfach lächerlich! Mit Pfefferminz bin ich dein Prinz, oder was? Außerdem sind sie nur im Bett liebevolle Bad Boys, im wahren Leben natürlich fürsorgliche Familientypen. Wieso stehen die Frauen auf Machos im Bett? Meiner Meinung nach sind diese Weiber doch total verspannt. Die können sich ohne Ansage nicht fallen lassen, oder sind irgendwie anderweitig verklemmt. Nur dann braucht man doch solche Machos, oder? Die echten Männer von heute tun mir fast leid, wenn sie solchen hohen Erwartungen gerecht werden müssen. Die Menschen dürfen einfach nicht mehr so sein, wie sie sind. Den Eindruck habe ich jedenfalls. Wirklich frei ausgelebte Sexualität unterliegt doch keinem Perfektionswahn.« Ohne Punkt und Komma redet sie sich regelrecht in Rage.

Das Radio spielt im Hintergrund ›Die Ärzte‹ mit ›Manchmal haben Frauen ...‹ und wir alle lachen laut los. Der Text passt!

Johanna und ich grinsen uns an. »Ja, ja, früher war alles besser«, sagen wir im Chor. »Aber das wahre Leben hat man doch immer. Ich mochte schon immer Märchenbücher, und jetzt lese ich eben welche für Erwachsene – fertig«, ergänzt sie.

Ihre Mutter hat noch nie ein Blatt vor den Mund genommen und Johanna auch nicht.

»Na ja, solange einem klar ist, dass das alles Märchen sind«, grummelt sie noch hinterher.

Wenn ich da an meine Eltern denke, die sind so verklemmt. Ehrlich gesagt wird bei uns nie über etwas Unanständiges gesprochen. Eigentlich hab ich mich schon ernsthaft gefragt, ob uns der Klapperstorch gebracht hat.

Na ja, ganz so ernsthaft vielleicht doch nicht. Obwohl, wer möchte nicht mal über ein Sixpack lecken?

Meine Gedanken wandern automatisch wieder zu Raphael und seinem göttlichen Sixpack. Ach ja, es wäre wirklich schön, seinen tollen Körper mit Küssen zu bedecken und mit der Zunge zu genießen, ihn am liebsten mit Haut und Haaren vernaschen. Sex ohne Liebe? Für mich eigentlich nicht denkbar. Dann würde ich ihn ja auch sexuell ausbeuten. Ich habe eher das Gefühl, von ihm ausgebeutet worden zu sein.

Der Arsch! Hätte sich doch melden können. Er hat mit Sicherheit von meiner Trennung erfahren. Ich muss davon ausgehen, dass ich nur einer seiner Ficks war. Das hätte ich nie von ihm gedacht. Er war früher immer so fürsorglich. Eine gemeinsame Kindheit, das bedeutet doch etwas. Damit hat man doch keinen One-Night-Stand, oder? Jedenfalls nicht, ohne nie wieder ein Wort zu wechseln. Oder zumindest die Dinge vorher klarzustellen. Arschloch!

Kapitel 10 ~ Raphael

Es scheint ein sehr regnerischer Sommer zu werden. Mir ist das egal, ich machs mir sowieso lieber zu Hause vorm PC gemütlich. Dieses Wochenende ist Marie bei mir zu Besuch. Da ist es in meiner kleinen Zweizimmerwohnung ganz schön eng. Marie ist sehr unternehmungslustig, ich nicht. Ich finde, es reicht schon, wenn man Freunde besucht. Das Kennenlernen von Fremden ist immer so anstrengend ... Schon allein die ersten Worte wechseln ... pffft.

»Süßer?«, säuselt Marie im schmeichelnden Ton. Sie legt ihr Buch aus der Hand. Ich sehe aus den Augenwinkeln, wie sie mich erwartungsvoll anschaut.

Was will sie bloß jetzt schon wieder?

»Moment, gleich, ich muss jetzt erst das Spiel zu Ende bringen!«

Marie stöhnt.

Warum kann sie sich eigentlich nie lange mit sich selbst beschäftigen? »Ich mach jetzt auf jeden Fall erst einmal mein Spiel zu Ende. Ich kann die Mitspieler doch nicht im Stich lassen!«, verteidige ich mich.

Marie spielt gerade mit dem Zauberwürfel, als sie merkt, dass ich mein Spiel beendet habe. Sie legt ihn beiseite, kommt zu mir und legt ihre Hände auf meine Schultern.

»So ein Spiel ist ja mal ganz witzig, aber irgendwann wird es doch langweilig. Lass uns irgendwo hingehen, ich möchte etwas unternehmen«, nörgelt sie mir ins Ohr, dass sich meine Nackenhaare aufstellen.

Ich drehe mich in dem bequemen Chefsessel zu ihr. Es versteht sich, dass es wichtig ist, einen bequemen Stuhl vor dem Computer zu haben. Da ich fast meine ganze Freizeit davor verbringe. Der PC ist einfach die beste Ablenkung vom Alltagsstress, neben dem Sport natürlich.

»Was schwebt dir denn so vor?«, brumme ich so, dass es unwillig klingt. Sie darf ruhig merken, dass ich keine Lust habe. »Kino? Man kann doch jeden Film auch streamen. Bei dem Wetter kann man sowieso nicht viel machen.«

»Ja, mir geht das Wetter auch auf den Wecker. Am liebsten würde ich in den Urlaub fahren, irgendwohin, wo besseres Wetter ist.«

Angstschweiß bricht mir aus. Ach du meine Güte! Das ist hoffentlich nicht ihr Ernst!

Aber sie ist erbarmungslos. »Du hast doch mal gesagt, dass du noch Verwandte hast, in der Nähe von Venedig. Da war ich noch nie, das soll doch so schön sein. Und das Wetter ist mit Sicherheit besser.«

Mein Gott! Wie komme ich da jetzt wieder raus? »Wie stellst du dir das vor? Ich fahre zu meinen Verwandten und sage: ›Hallo, hier bin ich‹?«

»Warum nicht? Vielleicht ärgern sie sich, dass sie damals deine Mutter so verstoßen haben. Die Zeiten haben sich schließlich geändert. Für Italiener ist doch Familie so wichtig, sagt man jedenfalls.«

»Hm, ich weiß nicht.«

»Ach komm, ich kümmere mich um alles. Du musst mir nur die Geburtsurkunde deiner Mutter geben, dann finden wir schon etwas über deine Verwandtschaft heraus.«

Was solls, sie gibt ja doch keine Ruhe. Hauptsache *sie* kümmert sich ...

»Ich werde mal sehen, ob ich das Stammbuch irgendwo finde. So schnell geht das bestimmt nicht.«

Ich ernte eine feste Umarmung und viele stürmische Küsse auf die Wange. Uff, darauf lege ich ja nun wirklich keinen Wert. Marie weiß das natürlich und grinst. Manchmal nimmt sie einfach keine Rücksicht.

Da hab ich mich ganz schön auf was eingelassen. Na ja, irgendwann muss man auch mal Zugeständnisse machen, da hat sie schon recht.

Sie hat eigentlich immer recht. Sie hat mir erklärt, warum es nicht so einfach mit mir ist und wieso ich so anders bin. Ich habe wohl ziemlich viele Wesenszüge eines Asperger-Autisten. Sie kennt sich da aus, denn ihr Bruder und ihr Vater haben dasselbe Problem.

Ja, ein Problem ist das manchmal schon. Aber Marie weiß genau, wie sie mir helfen kann. Sie hat immer einen Rat für mich, weiß, wie ich Defizite ausgleichen kann. Ich bin froh, dass ich sie jederzeit fragen kann.

Nur, muss es jetzt gleich wieder die volle Packung sein?

Auf dem Weg nach Italien fahren wir auch noch bei ihrer Familie vorbei und werden dort übernachten. Sie kann anscheinend nie genug kriegen ...

Als wir an der Tür von Maries Elternhaus klingeln, wird die Tür überraschend schnell geöffnet.

»Ich habe euch schon ankommen sehen«, verkündet eine ältere Frau. Sie umarmt Marie stürmisch. Oje, hoffentlich bin ich nicht auch noch gleich dran. So wie diese Frau, war meine Mama auch immer, früher.

»Hallo Mutti«, antwortet Marie, während sie ihre Mutter auf die Wange küsst.

»Du musst Raphael sein, hallo. Ich bin Stephanie, Maries Mutter«, sagt sie und streckt mir die Hand entgegen.

Marie hat gesagt, ich soll in das Gesicht der Leute schauen, wenn sie mit mir reden. Das ist furchtbar anstrengend. Stephanie lächelt mich an, ich vermute freundlich. Oh Gott, hoffentlich mache ich alles richtig.

»Keine Angst«, raunt mir Marie zu. »Du bist hier unter deinesgleichen. Meine Mutter kennt sich aus. Los, stell dich vor.«

»Raphael Baumeister, guten Tag, freut mich Sie kennenzulernen.« Puh, ich glaube, das hab ich ganz gut hinbekommen.

Jetzt noch ihren Vater begrüßen. Mir stockt der Atem. Mit Müh und Not bekommt er dieselbe Grußformel. Erleichtert fange ich wieder an zu atmen. Ich bin erlöst, als er mir nur die Hand reicht. Er scheint Begrüßungsrituale auch nicht zu mögen. Sehr sympathisch, dass er auf Abstand bleibt.

»Dein Bruder hat sich wieder mal versteckt. Er kommt bestimmt gleich aus dem Loch gekrochen.«

Maries Mutter seufzt. Sie scheint es schwer mit dem Verhalten ihres Sohnes zu haben.

Warum eigentlich? Ich kann ihn gut verstehen. Es ist doch schrecklich, wenn wildfremde Menschen ankommen und man soll auch noch so tun, als würde man sie mögen.

Ich bin einigermaßen beruhigt, als sich herausstellt, dass Maries Eltern gar nicht so schlimm sind. Ihr Vater ist Maschinenbauingenieur. Meiner war auch einer, da hatten wir viel zu reden. Allerdings hat er einen seltsamen Ordnungsfimmel. Alles muss an seinem Platz sein. Jeder Tag hat die gleiche Abfolge.

»Ich bin ja so froh, dass du nicht so ein Ordnungsfanatiker bist, auch wenn mich dein Chaos manchmal ganz schön nervt!«, raunt mir Marie zu, als er zum dritten Mal seine Fachzeitschriften sortiert.

»Ja, ich verstehe, was du meinst«, raune ich zurück.

Marie nimmt mich mit, als sie ihren Bruder aus dem Zimmer locken will, damit ich ihn auch kennenlerne. Offensichtlich kommt er aus derselben Kategorie wie sein Vater. Er ist zehn Jahre jünger als Marie und hat in seinem Kinderzimmer noch jede Menge Lego- und Technikspielzeug. Natürlich ist alles sorgfältig sortiert und aufgereiht. Was soll ich sagen? Wir hatten sofort einen Draht zueinander ... schon komisch.

Wir schlafen in Maries altem Kinderzimmer. Das Bett ist viel zu eng für zwei und dann will sie auch noch Sex. »In Kinderzimmern hat man doch keinen

Sex«, sage ich entsetzt. Hoffentlich hat das jetzt keiner gehört.

Sie seufzt dramatisch. Was hat sie bloß immer?

Maries Mutter hat sich sehr gefreut, dass wir bei ihr einen Zwischenstopp eingelegt haben.

Zum Abschied nimmt sie mich fest in den Arm. Grausam! »Es hat mich sehr gefreut, dich kennengelernt zu haben, Raphael.«

Warum muss dies Frauengehabe immer sein?

Ihr Vater schüttelt mir nur die Hand, wie angenehm. Was die Leute nur immer an diesen Umarmungen finden? Womöglich noch mit Küsschen, Küsschen.

Wir beladen das Auto und setzen uns hinein. Marie will fahren, soll sie nur. Ich bin nicht wild aufs Autofahren.

Sie startet den Motor. »Auf nach Bella Italia!«, ruft sie übermütig.

Mich macht das nervös. Wo nimmt sie bloß diesen Enthusiasmus her?

Aufgedreht legt sie eine CD ins Autoradio. Auf einmal dröhnt ein italienischer Schlager aus den Boxen. Marie grinst breit. »Das ist ›Azzurro‹, von ›Adriano Celentano‹. Das habe ich zu Hause im Regal gefunden. Cool hä?«

Ich verdrehe deutlich die Augen, ist ja nur ein dämlicher Schlager. Aber in Wirklichkeit erinnert es mich an meine Mama. Die hat genau dasselbe Album auch immer gehört und laut mitgegrölt.

Wie das wohl wird, mit meiner Verwandtschaft? Hoffentlich sprechen sie eine Sprache, die ich auch spreche.

Den Regen haben wir hinter uns gelassen. Wir fahren durch Österreich, über die Brenner Autobahn. Ich war noch nie irgendwo auf Urlaub, mein Vater reiste nicht gerne. Er war nur beruflich in der Gegend von Venedig, als er Mama kennenlernte. Aber die Berge, die haben schon etwas. Auf keinen Fall darf ich zeigen, dass mir das gefällt. Sonst will Marie womöglich jedes Jahr in den Urlaub mit mir. Ich weiß nicht, ob ich das überleben würde.

Wir haben Italien erreicht. Die Landschaft wird wieder flacher und es ist heiß. Marie hat herausgefunden, dass meine Familie in Jesolo wohnt. Das Navi leitet uns sicher dahin. Gut, dass es so was gibt.

Sie nimmt mich an die Hand und drückt sie fest. »Mach dich lieber mal auf eine herzliche Begrüßung gefasst«, murmelt sie mir zu. »Das ist hier nämlich so üblich.«

Im Moment bereue ich diese blöde Idee, hierhergekommen zu sein. Doch sie drückt unbeeindruckt die Klingel. ›Venti‹ steht darauf. Das Haus ist groß und typisch südländisch verputzt, mit einem Dach aus Tonziegeln. Der Garten sieht etwas chaotisch aus. In Deutschland gibt es so etwas nur selten, hier scheint es normal zu sein.

Die Tür öffnet sich und eine Frau, die ein bisschen Ähnlichkeit mit meiner Mama hat, öffnet die Tür.

»Guten Tag, ich bin Marie Gläser. Wir haben wohl zusammen telefoniert. Das ist Raphael Baumeister.«

Sie legt die Hand auf meinen Rücken und drückt mich ein bisschen vor.

Die Frau legt ein strahlendes Lächeln an den Tag, das kann sogar ich erkennen. »Buon giorno signora. Ich bin Mariella Venti, die Frau von Raphael.«

Ich muss wohl etwas verblüfft aussehen. »Dein Onkel. Leonora hat ihren Sohn wohl nach ihrem großen Bruder benannt«, erklärt sie an mich gerichtet. Dann dreht sie sich um und ruft ins Haus: »Guardate il bambino di Leonora!« Sie öffnet die Tür ein Stück weiter und macht eine einladende Handbewegung. »Kommen Sie rein.«

Marie schiebt mich nachdrücklich ins Haus, jetzt gibt es kein Entrinnen mehr.

Drinnen ist es kühl und schummrig. Als wir in den Wohnraum treten, setzt sich eine Lawine in Bewegung, die mir Angst macht.

»Raphael, Raphael, Ra ... pha ... el, Raphael, Ra ... pha ... el!«, schreit eine wuselige Menge kleiner Kinder. Sie laufen um meine Beine herum und machen einen Heidenlärm.

»Raphael, lass dich ansehen!« Ein großer dunkelhaariger Mann kommt auf mich zu. Er nimmt mich einfach in den Arm. In Italien scheint das also auch unter Männern üblich zu sein. Igitt, ich versteife mich.

»Was für ein stattlicher Mann du bist! Du hast so viel Ähnlichkeit mit Leonora! Komm, ich stell dir deine Cousins vor.« Er zieht mich am Arm in ein Zimmer mit dunklen, altmodischen Möbeln. »Das ist Lorenzo und seine Frau Luisa. Die Kinder Michelle, sechs Jahre alt, und Luca, drei.« Er zeigt auf zwei der

Krachmacher. »Hier steht Alessandro mit seiner Isabella. Auf Isabellas Arm ist Aurora, sie ist zehn Monate, Alessio, fünf Jahre alt, und Andrea, er ist zwei.«

Oje, so viele Namen und Gesichter, die kann ich mir bestimmt nicht merken. »Ich hab ja eine ganz schön große Familie«, entfährt es mir. Ich bin zwar im Moment überfordert, aber irgendwie gefällt mir der Gedanke auch.

»Ja, nicht wahr? Komm, setz dich, du musst uns alles über Leonora erzählen. Mariella, bring uns doch bitte noch etwas zum Trinken!« Mariella lächelt mich an und macht sich auf den Weg.

»Warum sprecht ihr so gut Deutsch?« Das wundert mich. Und ich stelle ja nur Fragen, die mich wirklich interessieren.

Die Kinder plappern Italienisch. Es überrascht mich, dass ich sogar eine ganze Menge davon verstehen kann. Mama hat oft italienisch mit mir gesprochen und dann helfen auch meine Lateinkenntnisse. Aber ich frage mich wirklich, was wohl dieses ›stronzo‹ heißt? Die Erwachsenen scheinen nicht damit einverstanden zu sein, wenn die Kinder es sagen.

»Unsere Familie stammt aus Südtirol, dort können viele deutsch. Da für die deutschen Touristen damals Leute gesucht wurden, sind wir hierhergezogen.«

»Aber komm, erst mal erzählst du uns von Deutschland. Wir wollen alles wissen, an das du dich erinnerst«, fordert mich einer auf. Ich glaube, es ist Lorenzo ... oder so.

Ich erzähle alles, was ich so von meiner Familie weiß. Erfahre, dass meine Oma damals todunglücklich war, als ihre Tochter einfach mit dem Deutschen durchgebrannt ist. Mein Opa war ziemlich böse, als sie über Nacht verschwunden ist. Beide sind schon tot.

Normalerweise wird der erste Sohn nach dem Opa väterlicherseits genannt. Der zweite bekommt seinen Namen vom Opa mütterlicherseits. Mama war davon wohl nicht so angetan und hat mich einfach nach ihrem großen Bruder benannt. Der ist offensichtlich ziemlich stolz darauf.

Wir sollen unbedingt in dem großen Haus übernachten. Sie bestehen darauf, dass wir uns kein Hotelzimmer suchen.

Jeden Tag dieses Familiengewusel um mich herum, das macht mich ziemlich nervös.

Marie schleppt mich fast täglich an den Strand. Ich finde das langweilig. Ich kann nicht mal was spielen, denn ich habe meinen Gameboy vergessen. Das Handy hat mir Marie weggenommen und Fachzeitschriften bekomme ich hier auch nicht. So viel Bullshit wie Marie mag ich nicht lesen ...

Wenn sie nicht am Strand liegen will, müssen es Ausflüge sein. Nach Venedig, bei Tag und Nacht, natürlich mit Gondelfahrt ... peinlich. Eine Inseltour steht selbstverständlich auch auf dem Programm.

»Ich bin wirklich froh, wenn ich wieder zu Hause bin«, stöhne ich immer öfter.

Marie seufzt. »Süßer, manchmal bist du wirklich anstrengend! Gefällt es dir nicht?«

»Doch, aber es ist schon ziemlich stressig. Ich möchte weniger unternehmen.«

Marie stöhnt noch mal, lauter. »Und ich mehr ...«

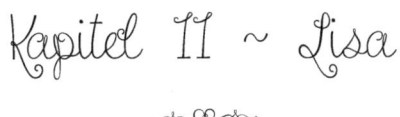

Kapitel II ~ Lisa

Eine Woche später werde ich von meinem Chef abgeholt. »Hallo Lisa. Ich darf doch Lisa sagen? Schön, dass du mich begleitest.«

Ich bekomme ein Küsschen auf die Wange, dabei sieht er mich freundlich an. Er sieht ja so fantastisch aus und ist so nett, dass ich mein Glück gar nicht fassen kann.

»Hallo Herr Hellmann«, erwidere ich und gebe mir Mühe, betont lässig zu klingen. Eigentlich weiß ich nicht, wie ich mich richtig verhalten soll. Ich bin ziemlich verlegen. Aber er lässt sich nichts anmerken, deshalb fühle ich mich gleich wohler.

Was für ein Projekt das wohl ist, bei dem er meine Unterstützung braucht? Erfülle ich überhaupt seine Erwartungen? Oder ist es doch so etwas wie ein Date? Wie verhält man sich, wenn man seinen Chef datet? Haben wir diese Phase bereits übersprungen und fahren direkt zusammen in Kurzurlaub? Oder ist es doch nur ein Arbeitsurlaub?

Ach was! Ich verdränge meine Zweifel. Wird schon schiefgehen! Ist bestimmt alles seriös ...

»Das ist wohl nicht dein Ernst, du nennst mich bitte Frederic!«, sagt er und meine Nervosität verschwindet.

Er nimmt mir die Reisetasche ab, legt locker seine Hand auf meinen Rücken und geleitet mich zu seinem AMG-Mercedes. Routiniert öffnet er mir die Tür und hilft mir beim Einsteigen, dann verstaut er mein Gepäck im Kofferraum. Mit natürlicher Eleganz steigt auch er in das sportliche Auto und startet den Motor.

Ein tiefes, kraftvolles Brummen erklingt. Die urwüchsige Kraft überträgt sich auf den Asphalt. Wow, in so einem Wagen bin ich noch nie gefahren! Frederic steuert ihn so selbstverständlich, sportlich und sicher, als hätte er nie etwas anderes gemacht.

Wir fahren zum Flughafen. Er hat zwei Flüge nach Nizza gebucht, Businessclass. Mann, er legt sich wirklich ins Zeug. Ob man von der Businessclass wohl auf eine Geschäftsreise schließen kann?

Im Flieger gibt er den charmanten Plauderer. Wir reden so über dies und das, dann wird das Gespräch plötzlich ernst. »Vor fünf Jahren habe ich meine Eltern und drei Geschwister bei einem Autounfall verloren.« Er macht eine Pause, sieht mich an.

Mein Hals schnürt sich zu, denn seine schönen grünen Augen sehen so traurig aus.

Ich überlege, wie ich jetzt reagieren soll. »Oh, das tut mir leid«, kommt mir sehr flach vor. Mir fällt aber so schnell nichts Besseres ein. Natürlich habe ich es damals am Rande mitbekommen. Seine Familie war ziemlich bekannt durch die Mercedes-Vertretung und dazu ist er ja auch noch ein ehemaliger Schulkamerad von Lukas.

»Danke, aber eigentlich habe ich es überwunden ... meistens jedenfalls. Nur manchmal, wenn ich in die große leere Villa komme, fühle ich mich so allein und verloren. Gott sei Dank sind da noch Christine und Gerd. Die kümmern sich nicht nur um Haus und Haushalt, sondern so gut es geht auch um mich.« Er sieht mich an, dann senkt er etwas den Kopf.

Vor Mitgefühl bekomme ich einen Knoten im Bauch. Tröstend lege ich meine Hand auf seinen Arm. Er schaut zu mir hoch und lächelt. Angespannt presst er seine Lippen aufeinander. So gut scheint er es wohl doch nicht überwunden zu haben.

»Schlimm fand ich, auf einmal die ganze Verantwortung für die Vertretungen zu haben. Ich war noch nicht einmal ganz mit dem Studium fertig.«

Was soll ich jetzt bloß sagen? Mir fällt nichts annähernd Passendes ein. Also streiche ich ihm noch mal über den Unterarm, drücke dann kurz bekräftigend seine Hand. Er scheint diese tröstende Geste dankbar anzunehmen und lächelt.

»Na ja, eigentlich läuft der Laden ganz gut. Ich habs geschafft. Du kennst ja die Zahlen. Alles ist gut«, ergänzt er und versucht, Zuversicht auszustrahlen.

Er scheint wirklich ein lieber Mensch zu sein. Und weil er mich wohl nicht länger mit seinem Schicksal konfrontieren will, lenkt er die Gespräche wieder auf leichtere Themen. Sein Lachen kehrt zurück.

Ach, ich mag ihn jetzt schon. Das Wochenende entwickelt sich wirklich vielversprechend. So glücklich und entspannt war ich schon lange nicht mehr.

In Nizza angekommen steht ein Mercedes Cabrio SL für uns bereit. Ganz schön dekadent, aber irgendwie auch cool. Frederics Opa hat bundesweit mehrere Mercedes-Vertretungen aufgebaut und damit in manchen Zeiten offensichtlich klotzig Kohle verdient. Das wird mir dann endgültig klar, als wir an unserem Ziel ankommen. Hier ist der Luxus zu Hause.

»Das ist doch nur ein bescheidenes Bötchen, dafür aber unseres. Die großen Yachten im Hafen von Saint-Tropez sind oft nur mietbare Objekte. Komm, lass uns unsere Klamotten reinbringen und einen Happen essen. Ich bin am Verhungern!«

Ich muss mir ein Grinsen verkneifen und fühle mich wie Grace Kelly, die von ihrem Fürsten ausgeführt wird.

Wir gehen in eine lauschige Pizzeria. Rustikale Holzmöbel passen zu den urigen Natursteinwänden. Diese werden von einem Künstler zur Ausstellung seiner Werke benutzt, Aquarelle der herrlichen Umgebung. An der Decke hängen lauter Weinflaschen in Basthüllen.

Der Laden scheint sehr beliebt zu sein. Natürlich hat Frederic für uns reserviert. Der Kellner begrüßt seinen Stammgast und führt uns an einen ruhigeren Tisch.

Wegen der Nähe zu Italien schmeckt hier meistens auch die Pizza, was im Rest von Frankreich nicht unbedingt der Fall ist. Ich bestelle mir aber Moules-frites. »Das Gericht erinnert mich an die Urlaube mit meinen Eltern in Belgien«, erkläre ich ihm.

Frederic nimmt einfach Pasta des Tages. »Das erinnert mich auch an meine Kindheit«, erklärt er mir schmunzelnd.

Zum Nachtisch gibt es Crème brûlée – Essen wie Gott in Frankreich!

Die Unterhaltung ist wieder einmal sehr kurzweilig. Über sein Projekt hat er bisher noch kein Wort verloren.

Der Abend verläuft so harmonisch. Ich glaube, ich bin schon ein bisschen verknallt.

Als die Dunkelheit hereinbricht, gehen wir zum Boot zurück. Der aufgefrischte Wind bringt die Blätter der Bäume zum Rascheln. Frederic hängt mir seine Jacke über die Schultern, als ich fröstele. Auf dem Weg sagt keiner von uns etwas. Es ist ein angenehmes Schweigen.

Als wir das Schiff erreichen, fährt er gekonnt den Steg aus. »Vorhin hatten wir ja keine Zeit, sonst wären wir glatt verhungert. Komm, ich zeige dir jetzt mal das Schiff.«

Die Yacht hat zwei Kabinen. Einen Aufenthaltsraum und einen kleinen Raum, wo ein Schiffsführer übernachten kann. Alles ist mit fröhlichen gelb-orangen Stoffen dekoriert, die einen hellen Kontrast zu der Teakholzverkleidung bieten. Wow, ich bin ziemlich beeindruckt.

Wir trinken noch ein Glas Rotwein zusammen. Im Plauderton unterhält mich Frederic weiter. Ein wahrer Meister des Small-Talks. Es entsteht keine Sekunde Langeweile.

Ich erzähle ihm, dass ich gerne studiert hätte, mein Vater aber meine Hilfe brauchte.

»Da wir gerade bei Hilfe brauchen sind ... Was ist das eigentlich für ein Projekt, für das du mich brauchst?«, wage ich endlich den Vorstoß.

»Das werde ich dir morgen erklären. Wir fahren mit dem Boot nach Saint-Tropez. Da bin ich mit meinem Anwalt verabredet, dann erfährst du mehr. Lass uns jetzt einfach noch den Abend genießen.«

Ich muss zugeben, dass ich schon ziemlich müde bin. Wir sehen uns an und gähnen gleichzeitig. »Ich glaube, wir sollten jetzt schlafen. Es war wirklich nett, sich mit dir zu unterhalten.« Frederic lächelt entschuldigend, nachdem er die Hand vom Mund genommen hat.

Mein zustimmendes Nicken ist mit unserem gleichzeitigen Aufstehen verbunden. Er scheint keinen Sex von mir zu erwarten. Nur ein kleines Küsschen auf die Wange, das wars. Auch gut, ich bin sowieso todmüde.

Ich mache mich fertig zum Schlafen und bekomme meine eigene Kabine zugewiesen. Erschöpft lasse ich mich auf meine Koje fallen und spüre das sanfte Wiegen des Bootes. Nachdenklich lege ich die Hand unter meinen Kopf. Wenn er bis morgen keine Anstalten macht, mir näherzukommen, sollte ich vielleicht den Vorstoß wagen. Das leise Plätschern und Schaukeln lässt mich dann augenblicklich ins Land der Träume fallen …

Am nächsten Morgen gibt es ein einfaches Frühstück aus Milchkaffee und Baguette. Warum schmeckt es in Frankreich nur so viel besser?

Anschließend laufen wir aus, Richtung Saint-Tropez. Tief sauge ich die salzige Meeresluft in meine Lungen, definitiv der Geruch von Urlaub. Die sanfte Morgensonne streichelt meine Haut und wirbelt durch mein Haar. Ich setze mich vorne auf den Bug des Schiffes, schließe die Augen, und fühle mich sooo gut. So gut, wie schon seit Jahren nicht mehr.

Am Ziel angekommen, gehen wir erst einmal im Ort spazieren. Frederic steuert eine Boutique in den engen Gassen des Ortes an. »Sieh mal Lisa. Das blaue Leinenkleid hier, das würde wunderbar zu deinen Augen passen.« Er hält mir das Kleid vor den Körper, so dass ich mein Spiegelbild im Schaufenster bewundern kann. Er hat recht, das Kleid steht mir wirklich fantastisch.

»Es ist wirklich hübsch. Aber es ist mir einfach zu teuer. So gut zahlst du auch wieder nicht«, sage ich mit einem Augenzwinkern.

»Ich bezahl natürlich. Keine Diskussion! Ich bin so froh, dass du mitgekommen bist.«

Ich nicke nur. »Danke!« Wow, ganz schön großzügig. Bloß, was erwartet er jetzt dafür?

Es passt wie maßgeschneidert, deshalb behalte ich es gleich an. Mit den richtigen Klamotten passe ich schon viel besser hierher.

Wir schlendern noch ein wenig und schauen uns die Bilder der Künstler im Hafen an. Mit einem Eis in der Hand diskutieren wir darüber, ob es wirklich Kunst ist.

Mittags geht es in ein schickes Lokal im Hafen. Das ganze Mobiliar ist edel und in Weiß gehalten. Entspannt genießen wir den Blick auf den Hafen. Da kommt ein Mann in Frederics Alter auf uns zu. Das muss der Anwalt sein. Mein Gott, der ist auch so attraktiv!

»Hallo Dom«, sagt Frederic strahlend zu ihm. »Hallo Sub«, antwortet der Unbekannte. Küsschen,

Küsschen ... sehr intim, sie sehen sich verdächtig liebevoll an.

Ich muss wohl ein großes Fragezeichen im Gesicht stehen haben.

»Keine Angst«, erklärt Frederic lachend. »Darf ich vorstellen? Das ist mein Freund und Anwalt Dominic. Als ich angefangen habe ihn ›Dom‹ zu nennen, fing er an, mich ›Sub‹ zu nennen. Das Ganze hat sich dann zum Running Gag entwickelt.« Frederic lächelt, aber sein Freund scheint sich unwohl zu fühlen.

Wir bestellen unser Essen. Während wir darauf warten, betrachte ich das bunte Treiben im Hafen.

»Wir wollten mit dir reden, und, wenn du einverstanden bist, eine Abmachung treffen«, fängt Frederic dann irgendwann an und holt erst mal tief Luft. »Also ..., wie du dir vielleicht zusammenreimen kannst, sind wir schwul. Nun ist es aber so, dass ich, als großer Mercedes-Händler, leider die konservativsten aller konservativen Kunden habe. Wenn die von meiner Neigung erfahren, bin ich tot. Das will ich nicht aufs Spiel setzen. Deshalb habe ich mir gedacht, ich brauche eine Alibi-Frau, und da kommst du ins Spiel.«

Ich habe das Gefühl, jetzt entgleiten mir alle Gesichtszüge.

Aber er fährt unbeirrt fort. »Ich denke mir das als Win-win-Strategie. Du ziehst in etwa einem Monat bei mir in die Villa ein. Dort hast du dann auch mein Personal. Falls nötig, können wir auch noch ein Kindermädchen einstellen, das dich entlasten kann. Als Frau an meiner Seite musst du auch repräsentative Aufgaben übernehmen. Du wirst natürlich zu meiner persönlichen Assistentin befördert, dein Gehalt verdoppelt sich. Das Wohnen in der Villa ist selbstverständlich kostenfrei und am Ende des Arrangements bekommst du einmalig 30.000 Euro. Was sagst du, Süße?«

Oh Gott! So etwas habe ich mir in meinen kühnsten Träumen nicht ausgemalt. Wie soll ich denn darauf reagieren? »Mir fehlen die Worte«, gebe ich zu.

Aber eigentlich brauche ich nicht lange zu überlegen. Es ist zwar nicht ganz das, was ich mir vorgestellt habe, aber ich wäre dumm, wenn ich mir eine solche Gelegenheit entgehen lassen würde.

»Ich glaube ich machs, wenn du mir noch irgendwie ein BWL-Studium ermöglichst«, platzt es aus mir raus. Einsatz erhöhen und Pokerface aufsetzen ... Das ist DIE Chance, meine Träume zu verwirklichen!

Frederic grinst. »Deal«, sagt er. »Glücklicherweise ist Dominic Anwalt und hat schon mal etwas vorbereitet. Das mit dem Studium fügen wir noch an.«

Ich beiße auf meinen Daumennagel. Na ja, das war wohl nichts mit dem neuen Lover ... Aber was solls, meine Geldsorgen bin ich damit definitiv los, und ich kann endlich studieren!

Frederic scheint wirklich nett zu sein. Jeder kann das Arrangement jederzeit kündigen und ich bekomme trotzdem das Geld. Also praktisch kein Risiko.

Als das Essen kommt, falle ich mit großem Appetit darüber her. Frederic scheint seines auch sehr zu genießen. Nur Dominic stochert darin herum.

»Stimmt etwas nicht mit deinem Essen, Nic?«, fragt Frederic besorgt.

»Nein, nein, ich hab nur nicht so viel Hunger«, erwidert Dominic mit einem Lächeln.

Wir fahren zum Hafen zurück und legen uns dort an den Strand. In der geschützten Bucht kann man gut baden. Das Ufer ist flach, die Brandung gemäßigt. Wir breiten unsere Handtücher nebeneinander aus. Sub und Dom sind zwei regelrechte Turteltäubchen. Aber zu mir sind sie trotzdem lustig und aufmerksam. Man muss sie einfach lieb haben.

Ich freue mich immer mehr auf den Einzug bei Frederic. Auch wenn die ganze Sache nicht den gewünschten Verlauf genommen hat, lehne ich mich doch entspannt zurück und genieße das Sonnenbad. Das Leben kann so schön sein!

Abends geht es in das kleine Hafenlokal. Der Wirt kennt die beiden natürlich persönlich. Er führt uns an einen ruhigen, etwas abseits gelegenen Tisch. Interessiert sehe ich mich um. Alutische und Regiestühle vor einer Glasfront, die beiseitegeschoben ist. Drinnen kann man an Holztischen auf Polsterbänken sitzen. Maritimes Blau und geschmackvolle Deko geben ein frisches Ambiente. Hier hat man sogar eine deutschsprachige Karte – in Frankreich keine Selbstverständlichkeit. Es stehen lustige Sachen darauf, wie ›Salat an der tanzenden Müllerin‹ oder ›Salat Radhemmungen‹, vielleicht darf es aber auch ein ›Goldbrassenpflasterstein‹ sein. Ich muss unweigerlich grinsen, GOOGLE-Übersetzer ist eben keine Pauschallösung.

Aber auch abseits der Karte ist es ein wunderbar lustiger Abend. Auch der Wirt spricht eine Weile mit uns. Leider verstehe ich nur Bruchstücke, soweit reicht mein Französisch dann doch nicht.

Gut gelaunt kehren wir aufs Boot zurück. Der Mond spiegelt sich auf dem Meer. Ein beruhigendes Dingeln der Taue, die an die Masten der Segelschiffe schlagen, bildet die Hintergrundmusik.

Das glückliche Pärchen läuft vor mir her. Sie scherzen, albern und flüstern vertraut miteinander. Einmal dreht Frederic sich kurz um. Er will sich wohl versichern, dass ich immer noch folge. Deshalb lächle ich ihm zu und nicke kurz, kneife dabei ein Auge zu. Möglicherweise kann er das in der Dunkelheit gar nicht sehen.

Auf dem Schiff trinken wir noch ein Glas Wein. »Ich bin müde. Ich glaube, ich geh schlafen«, sage ich zu den beiden mit einem erneuten Augenzwinkern. Sie wollen doch sicher allein sein ... und ich auch.

Die beiden Süßen verschwinden in Frederics Kabine. Ich liege dann auch bald in meiner Koje, lege den Kopf auf die gefalteten Hände und schaue zur Decke.

Das war wohl nichts mit dem Sex ..., was habe ich mir da nur wieder eingebildet.

Sofort wandern meine Gedanken wieder zu Raphael, zu wem auch sonst. Immer noch! Immer wieder geistert die Szene in der Scheune auf der Halloweenparty durch meinen Kopf. Wie er mich angesehen hat, überhaupt nicht wie ein Arschloch. Wenn er wüsste, dass ich seinen Sohn geboren habe ...

Auf einmal dringt das Stöhnen zweier männlicher Stimmen an mein Ohr. Die Kabinen sind offensichtlich nicht sonderlich schallisoliert. Fünf, sechs, sieben, ... zehn Minuten, ... es stöhnt immer noch aus der Kabine.

Was machen die denn da? Ganz schöne Ausdauer!

Ich habe mir noch nie Gedanken darüber gemacht, wie schwule Liebe aussieht. Will ich das überhaupt wissen? Nicht wirklich.

»Ruhe bitte!«, brülle ich deshalb.

»Mach doch mit!«, ruft es zurück. Ich glaube, es war Dom. Dann klatscht es laut und es ertönt ein »Aua«.

Ich lege mir das Kissen über den Kopf, aber der Lärm wird dadurch nicht wirklich gedämpft. Gott sei Dank scheinen sie jetzt Rücksicht zu nehmen. Hoffentlich naht der Orgasmus bald!

Als dann endlich Ruhe einkehrt, bin ich schnell eingeschlafen.

Am nächsten Morgen werde ich wieder von eindeutigen Geräuschen geweckt. Ein Blick auf mein Handy sagt, es ist kurz nach sechs.

Das darf doch wohl nicht wahr sein! Es ist wirklich zu früh für solchen Mist!

Nach einiger Zeit tritt Frederic aus der Kabine. »Ich dachte, du schläfst noch, Süße?«, bemerkt er mit überraschtem Gesicht.

»Bei diesem Lärm kann man nicht schlafen! Ich bin davon aufgewacht!«, maule ich. Er soll meinen Ärger ruhig bemerken.

»Sorry Süße, es tut uns wirklich leid, wir werden uns bessern.« Er zuckt seine Schultern, verzieht liebenswert seinen Mund und lächelt schief. Wer kann da noch böse sein!

Nach dem späten Frühstück machen wir uns wieder auf den Rückweg. »Also Jungs, wenn ihr wollt, dass ich noch mal mitkomme, geht nur Flüstersex. So was tue ich mir nicht noch mal an!«, stelle ich sicherheitshalber klar.

»Mensch Lisa, es tut uns wirklich leid. Wir wollten dir keinen Hörporno zumuten. Wir haben einfach nicht genug nachgedacht. Nächstes Mal kannst du ja auch in die kleine Wohnung gehen.«

»Du hast auch noch eine Wohnung?« Ich bin erstaunt. Mein Gott, er scheint ja wirklich eine fantastische Partie zu sein!

»Mutter hat sie damals gekauft, weil sie bei starkem Wind nicht auf dem Boot schlafen konnte. Aber sie ist winzig, nur fünfzig Quadratmeter.«

»Ja, das wäre eine Möglichkeit«, überlege ich laut. Eine Wohnung, für mich ganz allein ... die ideale Lösung. Dann können die beiden Turteltäubchen machen, was sie wollen und ich muss nicht mehr zuhören.

Zurück in Deutschland freue ich mich unglaublich auf meine Kinder. Es ist schön, mal ohne sie zu sein. Aber es ist noch schöner, sie wiederzuhaben. Auch die beiden kleinen Süßen freuen sich überschwänglich. Meine Mutter sieht sich lächelnd die wilde Begrüßung an.

»Na, wie hat es dir gefallen? Lass dir doch nicht alles aus der Nase ziehen«, drängelt sie neugierig.

»Gut«, antworte ich lakonisch. Innerlich grinse ich natürlich. Ich möchte wirklich wissen, was sie sich so vorgestellt hat.

Mich wundert ja sowieso, dass sie keine moralischen Bedenken hatte. Aber nein, wenn die Leute Geld haben, gibt es bei meiner Mutter gleich einen Vertrauensvorschuss.

»Nicht so ausführlich. Was ist denn jetzt mit Frederic und dir?«

»Wir sind jetzt offiziell zusammen.«

Meine Mutter strahlt über alle vier Backen, ja so ein Schwiegersohn ist ganz in ihrem Sinne.

Wenn sie nur wüsste, wie offiziell wir in Wirklichkeit zusammen sind ...

Kapitel 12 ~ Lisa

Es ist schon komisch. Ich habe noch nicht einmal alle Umzugskartons ausgepackt, da ziehe ich schon wieder aus meiner ersten eigenen Mietwohnung aus.

Am frühen Samstagmorgen, die Kinder schlafen noch, kommt Johanna mit einer Thermoskanne Kaffee in der rechten und einer Brötchentüte in der linken Hand zu mir rüber.

»Hi Lisa«, sie schwenkt die Kanne. »Brauchst du eine Stärkung? Kevin fragt, ob Leon mit Moritz spielen will. Ich denke, nur wenn auch Anna mitkommt, oder?«

Die Gute, auf Johanna ist doch immer Verlass.

»Das ist so lieb von euch, aber nachher kommen meine Eltern, die werden auf die Kinder aufpassen. Im Moment schlafen sie noch. Das mit dem Kaffee ist eine blendende Idee. Meine Kaffeemaschine ist schon im Karton verschwunden. Sie gehört zu den Sachen, die ich nicht benötigen werde. Du kannst dir ja denken, dass bei Frederic ein Kaffeeautomat steht, der alle Stückchen spielt. Überhaupt, der ganze Kücheninhalt wird in seinem Keller verschwinden. Chaotisch, wie ich bin, habe ich natürlich zu packen angefangen, ohne mir Frühstückskaffee zu kochen. Du bist mal wieder meine Rettung!«

»So was Ähnliches hab ich mir schon gedacht, meine Liebe. Die Hormone haben dir wohl komplett das Gehirn vernebelt.« Mit einem Grinsen fasst sie in die Brötchentüte, zieht ein Schokocroissant heraus und hält ihn mir unter die Nase. »Hier, Verliebte unterzuckern schnell und dann leidet die Konzentration zusätzlich!«

Seufzend greife ich nach dem Teilchen. Ich darf ihr ja nicht sagen, dass ich gar nicht verliebt bin, jedenfalls nicht in Frederic ... »Danke, du bist ein Schatz!«

Johanna beißt genüsslich in ihr Teilchen, schließt dabei Augen und kaut ausführlich. »Hast du nicht ein komisches Gefühl bei der Sache?«, fragt sie mit vollem Mund. »Das Ganze geht so schnell.«

»Na ja, es geht schon schnell. Aber das Semester fängt bald an, bis dahin soll alles seinen geregelten Gang gehen. Ich bin ja so froh, dass Frederic mir das Studium ermöglicht. Ich mag ihn wirklich sehr und ich will, dass es funktioniert.« Das ist ja noch nicht einmal gelogen.

Johanna nickt. »Na, hoffentlich machst du keinen Fehler.«

»Wer nicht wagt, der nicht gewinnt. So viel habe ich ja nun wirklich nicht zu verlieren.«

»Wenn du meinst, du musst ja wissen, was du tust. Du wirst mir jedenfalls fehlen. Wenn du erst studierst, hast du bestimmt keine Zeit mehr für uns.« Demonstrativ senkt sie den Kopf und zieht einen Schmollmund.

Jetzt muss ich den Drang nachgeben, sie in den Arm zu nehmen. »Ach Jo, unser Freitagabend bleibt, versprochen! Frederic hat mir Babysitting zugesagt. Ich werde zwar viel zu tun haben, aber dafür habe ich auch Hilfe vom Personal. Ich muss nicht mehr putzen und kochen. Komisches Gefühl, ich habe Personal.« Ich muss lächeln und Johanna lächelt hoffnungsvoll zurück.

Für den Umzug hat es sich Frederic nicht nehmen lassen, eine professionelle Firma zu beauftragen. Innerhalb weniger Stunden ist die gesamte Sache erledigt. Die Firma hätte sogar die Sachen ein- und ausgepackt. Aber nein, das muss nicht sein, meine Sachen packe ich lieber selbst.

Knirschend hält der Transporter auf der runden Kieseinfahrt vor der Villa. Das ist jetzt also mein neues Zuhause. Ein gelb gestrichenes, u-förmiges Gebäude, mit weißen Fenstern. Ich weiß gar nicht, wie viele Zimmer es genau hat, mindestens zehn. Das Schieferdach lässt das Ganze sehr edel wirken. Die Rosen, die vor dem Haus blühen, geben dazu noch einen romantischen Touch. Ich kann den betörenden Duft wahrnehmen, als ich daran vorbeigehe.

Frederic öffnet die Tür, er scheint auf uns gewartet zu haben. Liebevoll nimmt er mich in den Arm und gibt mir einen Kuss auf den Mund.

Ach ja, wir sind ja ein Paar. Oh Mann! Daran muss ich mich erst gewöhnen ...

»Na gut geschlafen?« Bei der Frage sieht er mich so lieb an und steckt mir zärtlich eine Haarsträhne hinters Ohr, die mir der Wind ins Gesicht weht. »Komm erst mal rein. Möchtest du einen Kaffee?«

Ich betrete den Eingang mit dem Marmorboden, als wäre es das erste Mal. Dabei war ich natürlich schon mal hier. Im Wohnzimmer liegt edles Parkett. Die dunklen Edelholzmöbel, schweren Tapeten und schicken hellen Polstermöbel lassen mich auf einmal ehrfürchtig werden.

»Hoffentlich zerkratzen die Kinder nicht den edlen Boden«, entfährt es mir. Darüber habe ich mir bisher überhaupt keine Gedanken gemacht!

»Keine Angst«, antwortet Frederic beruhigend. »Wir haben noch ein paar Teppiche im Keller, die werden wir auf das Parkett legen. Ich habe Gerd schon darum gebeten. Das bietet wohl Schutz genug, hat es damals vor uns Kindern auch. Zur Not kann man Parkett auch abschleifen. Und die Ledergarnitur ist sehr pflegeleicht.« Er streicht beruhigend über meinen Arm.

Wenn das Mal gut geht! Hoffentlich ist er wirklich nicht so pingelig.

Christine, Frederics Haushälterin hilft mir die Kinderzimmermöbel zu reinigen, bevor sie wieder eingeräumt werden. Sie ist etwas älter, hat schon für die alten Hellmanns gearbeitet. Mit ihrem Mann Gerd, der Hausmeister- und Gartenarbeiten erledigt, sorgt sie für alles, was den Haushalt und das Essen angeht.

»Ich hoffe, wir machen hier nicht allzu viele Umstände. Die Kinder werden sicher einiges auf den Kopf stellen«, bemerke ich besorgt.

»Kindchen, ich bin ja so froh. Frederic ist die Freude richtig anzumerken. Endlich ist wieder Leben im Haus. Ich darf doch ›du‹ sagen, oder?«

Ich nicke zustimmend. »Natürlich.« Sie macht so einen netten, mütterlichen Eindruck.

»Sag doch bitte auch Christine zu mir. Du machst dir keinen Begriff, wie traurig und still es hier war. So ein riesiges Haus ... und nur eine einzige Person, die darin lebt. Dann musste Frederic auch noch von heute auf morgen die große Firma leiten. Diese Verantwortung hat ihm ganz schön zu schaffen gemacht.«

Ich nicke nachdenklich. Ja, das kann ich mir gut vorstellen, wie einsam und erdrückend es hier war.

Frederic entpuppt sich in den folgenden Tagen als Traummann. Na ja, mit einem winzigen Fehler in der Programmierung. Seufz ...

Da er ja nur glaubwürdig als Hetero rüberkommt, wenn ich mich mit ihm auch bei offiziellen Terminen präsentiere, stattet er mich erst mal mit entsprechender Kleidung aus. Er hat ein tolles Gespür und auch entsprechend Ahnung von Mode. Ein bisschen fühle ich mich wie Julia Roberts in ›Pretty Woman‹. Ihr wisst schon, wo Richard Gere ein Vermögen ausgibt – auf die nette Art!

Warum hab ich mich eigentlich nicht schon früher getraut, solche tollen Sachen zu tragen? Ich erfinde mich gerade neu.

Eine Visagistin zeigt mir, wie ich mich zu den entsprechenden Anlässen richtig schminke. Natürlich darf auch die passende Frisur nicht fehlen – ein paar Stufen, mit dem richtigen Schnitt fallen meine Haare gleich viel besser.

Wow! Aus dem Spiegel schaut mich ein ganz neuer Mensch an. Sexbombenalarm! Und das Beste ist, es macht mir auf einmal nichts mehr aus, chic und weiblich zu sein. Frederic hat wirklich einen guten Einfluss auf mein Selbstbewusstsein.

Damit nicht genug, er kann auch noch sensationell mit Kindern umgehen. Er hat den ihnen einen richtigen Spielplatz anlegen lassen, mit Sandkasten, Schaukel, Planschbecken und so weiter. Wenn er rechtzeitig zu Hause ist, spielt er mit ihnen.

»Eine eigene Familie wollte ich eigentlich immer. Leider wird daraus wohl nichts werden. Aber wer kann schon alles haben«, seufzt er.

Auch die beiden Hausangestellten, Christine und Gerd, behandeln die Kinder, als wären es Frederics. Das alles fühlt sich an, wie ein Sechser im Lotto. Was habe ich doch für ein Glück!

Mit Frederic habe ich einen sehr vertrauten Umgang, fast zärtlich. Tja, nur der Sex fehlt, leider!

Abends sehen wir oft zusammen fern. Dabei lehne ich mich an seine Schulter, das ist so gemütlich.

Oder wir sitzen vorm Kamin, prasselndes Feuer und ein Glas Rotwein, einfach schön. Frederic liest auch gerne, so lesen wir uns manchmal dabei gegenseitig etwas vor.

Oft legt er auch einfach ganz vertraut den Arm um mich. Zärtliche Gesten, die mir sehr gefehlt haben, wie ich zugeben muss. Solche Sachen macht er selbst dann, wenn wir nur unter uns sind, einfach so.

Etwa einmal im Monat fahren wir nach Frankreich, damit Frederic und Dominic ganz ungestört sein können. Wir haben sogar schon einmal überlegt, die Kinder mitzunehmen. Aber so ein weiter Kurztrip ist nichts für so kleine Würmer. Zu wenig Zeit zum Umgewöhnen, zu viel Stress, sie wären nur am Quengeln.

Deshalb bringe ich sie lieber zu meinen Eltern oder zu Alex. Alex ist immer begeistert, wenn er sich um die Kinder kümmern kann. Er versucht dann, sich in der Kneipe möglichst viel freie Zeit zu schaffen, obwohl am Wochenende ja das Hauptgeschäft läuft. Sind die Kinder bei ihm, kümmert er sich meistens um seine kleine Prinzessin, die ihn ganz schön um den Finger wickelt. Barbie ist mehr für Leon zuständig. Aber sie kommt super mit ihm zurecht. Alex hat recht, sie ist wirklich eine Seele von Mensch. Sie wäre sicher eine fantastische Mutter. Es ist sehr schade, dass sie keine Kinder bekommen kann.

Ich darf leider niemanden einweihen, den ich zu den Kurzurlauben mitnehmen könnte. Deshalb fühle ich mich oft wie das fünfte Rad am Wagen. Aber mal ehrlich, es gibt schlimmere Schicksale, als ein Wochenende lang in Südfrankreich das schöne Wetter genießen zu müssen. Außerdem bemühen sich die zwei Turteltäubchen wirklich, mich nicht auszuschließen.

Manchmal kommt Nic auch in die Villa. Allerdings nicht zu oft, es soll ja nicht auffallen. Ich versuche dann meistens zu verschwinden, besuche meine Eltern, Johanna, oder ich treffe Alex und Barbie. Alex kommt auch öfter mal zu uns. Dann spielen Frederic und ich das verliebte Paar. Natürlich höchste Geheimhaltungsstufe! Alles in allem leben wir eine harmonische Patchwork-Familie.

Mein Studium läuft gut, keine Geldsorgen. Beruf und Familie gut vereinbart. Es fehlt eigentlich nichts.

Halt, da war doch noch was, Sex oder so. Wie geht das noch mal? Ich höre mich ganz schön verzweifelt an. Ich weiß, bin ich auch!!! Seufz ...

Dann naht der erste Repräsentationstermin. Ein alter Kunde feiert seinen runden Geburtstag. Schon sein Vater hat damals seine Dienstwagen bei Hellmann bestellt. Ein wichtiger Kunde, der in einen ziemlich großen Saal lädt. Es sind viele seiner wichtigen Geschäftspartner da, und damit auch eine Menge potenzielle Kunden für Frederic. An unserem elegant gedeckten Tisch ist jede Menge Small-Talk angesagt. Frederic gibt ganz den charmanten Plauderer. Er scheint nicht müde zu werden. Das ist seine Welt, sein Job, und er macht ihn gut und gerne. Mich ermüdet die ganze Sache zunehmend, ich bin so etwas nicht gewöhnt.

Aber Frederic wäre nicht so ein erfolgreicher Verkäufer, wenn er nicht meine Langeweile erkennen könnte. »Ich glaube, da muss wohl jemand wieder munter werden!«, lacht er mich an und zieht mich auf die Tanzfläche. Der DJ nennt sich ›Tanztipp‹ und macht seinem Namen alle Ehre.

Frederic legt einen Arm locker um meine Hüfte, der andere hält meine Hand. Er hat wirklich Talent zum Tanzen und ein tolles Rhythmusgefühl. Gekonnt wirbelt er mich über das Parkett, dreht mich, bis mir schwindelig wird. Gut, dass ich mit Alex damals einige Tanzkurse besucht habe.

»Du bist so heiß. Mindestens neunzig Prozent der Männer starren uns an, der Rest muss schwul sein«, flüstert er mir grinsend ins Ohr. »Noch ein paar solcher Tänze und jeder hat Verständnis, wenn wir diese Party bald verlassen. Also bieten wir ihnen doch eine gute Show!«

Er zieht mich dichter an sich. Seine Lippen finden meinen Mund. Jetzt wird mir aber verdammt heiß! Wenigstens erspart er mir seine Zunge ...

Seine Show ist so gut, dass schon erste nehmt-euch-ein-Zimmer-Rufe kommen.

Er dreht mich um und sein Unterleib presst sich fest an meinen Hintern. Unbeirrt kreist er weiter lasziv seine Hüften. Seine Hände liegen auf meinem Bauch.

Das ist der Moment, in dem die Heldin in meinen Romanen seine Härte spüren würde ... Aber bei ihm? Nichts! Gar nichts! Stockschwul ...

Ich allerdings bin hetero, mein Körper reagiert ganz schön auf ihn ...

Um ihn wenigstens auch ein wenig zu ärgern, flüstere ich ihm ins Ohr: »Mindestens neunzig Prozent der Frauen starren dich jetzt an, der Rest muss lesbisch sein.« Um die Worte zu unterstreichen, lecke ich ihm übers Ohr und puste darüber. Er bekommt eine Gänsehaut. Na wenigstens das!

Ich muss lachen. »Nur gut, dass Dominic diese Aktion nicht mitbekommt. Er würde wahrscheinlich platzen vor Eifersucht«, raune ich ihm zu.

Er lacht auch, dreht mich um, und ich bekomme noch einen Kuss auf den Mund. »Das hast du klasse gemacht, Süße«, flüstert er mir ins Ohr.

Keiner wird mehr glauben, dass Ric schwul ist. Mission erfüllt! Aber ich werde die ganze Nacht bestimmt wieder mal nur das Eine im Kopf haben ...

Unter verständnisvollen Blicken verlassen wir kurz darauf die Veranstaltung. Als wir nach draußen kommen, ist es dunkel. Die klare Nachtluft riecht schon nach Herbst. Zu Frederics Villa sind es nur fünfzehn Minuten, die gehen wir natürlich zu Fuß. Die historischen Straßenlaternen in diesem Stadtteil spenden uns warmes Licht.

Er legt kumpelhaft seinen Arm um meine Schulter. »Danke, dass du so toll mitgespielt hast. Ich hatte einfach keine Lust mehr auf diese steife Veranstaltung. Es war doch nicht zu hart, oder?«, er gibt mir noch ein Küsschen auf die Wange.

Zu hart? Tja, wenn bei ihm wenigstens etwas hart gewesen wäre ... Aber wer kann ihm schon böse sein?

»Denk dran«, erkläre ich ihm mit nicht ganz ernster Miene. »Ich bin auch nur eine Frau. Und zwar eine, die schon seit Monaten, nein Jahren, keinen Mann mehr hatte. Pass also auf, dass ich nicht noch über dich herfalle! Kann man eigentlich Schwule vergewaltigen?«

»Oh, da muss ich wohl heute meine Schlafzimmertür abschließen«, lacht er.

»Besser isses«, antworte ich mit todernstem Blick.

»Verflixt, mach mir doch keine Angst! Aber mal im Ernst, hattest du wirklich so lange keinen Sex?«

»Todernst! Jedenfalls keinen echten Sex, mit einem echten Mann. Dies Arrangement hier führt auch nicht gerade zu einem reicheren Sexleben. Ich gehe ganz schön am Stock.«

»Das tut mir wirklich leid, Süße. Ich würde dir bestimmt helfen, wenn ich könnte. Können nicht auch Frauen in den Puff gehen?«

»Na, so stell ich mir das ja nun auch nicht vor. Denk nur mal, jemand bekommt das mit. Wäre doch äußerst peinlich, nach der Vorstellung heute. Damit hätte ich den Titel der Stadtschlampe dazugewonnen. Dir gehörte dann gleichzeitig der Titel *Gehörnter des Jahres*.«

»War ja auch nur so eine Idee. Ich möchte dir wirklich nur helfen.« Wieder ernte ich ein Mitleidsküsschen. Ja, mein Sexleben ist schon ein Drama!

Plötzlich habe ich das Bedürfnis, ihm die Tragik meines Liebeslebens zu beichten. »Weißt du, ausgerechnet in meiner Hochzeitsnacht habe ich mich in einen anderen Mann verliebt. Du kennst ihn, Raphael, unser ehemaliger Nachbar, Lukas' Schulfreund. Danach war ich mit Alex irgendwie nicht mehr glücklich. Raphael lässt sich einfach nicht aus meinen Gedanken verbannen. Jede Nacht sehe ich sein Gesicht vor mir und sehne mich nach ihm. Aber er hat eine andere ...«, jammere ich und mir entfährt ein tiefer Seufzer. »Ich frage mich dauernd, ob er mit ihr glücklich ist.«

Dass Leon von ihm ist, gestehe ich aber lieber nicht. Die Scham ist einfach zu groß.

Frederic stutzt, sieht mich voller Mitgefühl an. Dann bleibt er stehen und nimmt mich in den Arm. Ganz fest drückt er mich an sich. Ich lehne mich an seine Brust und sauge seinen herb, männlichen Duft ein.

Wann bin ich das letzte Mal so liebevoll getröstet worden? Es tut so gut, einen echten Freund zu haben.

Am nächsten Tag bekomme ich einen Telefonanruf von meiner Mutter. »Ich habe gehört, du hast dich bei Herrn Neumanns Geburtstag unmöglich benommen?«

Ich glaube, ich höre nicht richtig. »Was soll das heißen, Mama? Wir haben vielleicht etwas wild getanzt. Außerdem hat Frederic angefangen. Ich denke, du bist froh, dass wir zusammen sind.«

»Ja, schon, aber deswegen kann man sich doch trotzdem benehmen. Schließlich seid ihr noch nicht verheiratet. Die Leute reden doch sofort. Denk doch auch an uns und vergiss dabei nicht die Leute, die mit mir in der Kirche aktiv sind.«

Klar! Was ist besser als Frederic als Freund? Natürlich Frederic als Schwiegersohn. Wenn sie wüsste, dass sie da gerade eine Scheinehe vorschlägt. »Mann Mama, mir ist es mittlerweile egal, was die Leute so reden. Die haben doch nur Langeweile, oder sind neidisch, oder was auch immer!«

Um sie von diesem leidigen Thema abzulenken, erzähle ich ihr von den Kindern. Es wird wirklich Zeit, dass ich mir Jos Spruch zu Herzen nehme: Ist der Ruf erst ruiniert, lebts sich völlig ungeniert!

Später erzähle ich Frederic von dem Gespräch. »Ist doch gut, je mehr die Leute reden, desto weniger derartige Aktionen sind nötig«, meint der nur lakonisch.

Kapitel 13 ~ Lisa

Dieser Winter bringt ausnahmsweise einmal keine Depression mit sich. Wir fahren zwar nicht nach Südfrankreich, aber mein Leben könnte kaum besser laufen. Ich habe so viele Menschen, die mich mögen und die mir helfen, wenn ich Hilfe brauche.

Ein kleiner Höhepunkt ist Weihnachten. Habe ich die letzten Jahre dieses Fest mehr oder weniger über mich ergehen lassen, genieße ich es diesmal in vollen Zügen. Heiligabend sind Barbie und Alex bei uns.

Weihnachten mit den aufgeregten Kindern macht ja so viel Spaß!

Am ersten Weihnachtstag sind wir bei meinen Eltern. Frederic ist offensichtlich glücklich, wieder eine Familie zu haben. Am zweiten Weihnachtstag kommt Dominic zu uns. Auch der scheint viel Spaß mit den Kindern zu haben, wieder so ein schöner Tag. Beide bemühen sich sehr, vor mir keine Zärtlichkeiten zu zeigen. Allerdings abends, im Bett, schleicht sich dann doch wieder diese Sehnsucht in mein Herz. Keine Rose ohne Dornen ...

Ein paar Wochen später bekomme ich überraschend Besuch von meinem Bruder Lukas. Er kommt angeblich im Auftrag seiner Firma, LUMA-Support. »Also, du weißt ja, dass Marie diesen neuen Medizinauftrag an Land gezogen hat. Wir brauchen jetzt dringend jemanden, der die Kosten für dieses Projekt und die anderen noch laufenden Sachen im Auge behält. Da hab ich an dich gedacht. Du würdest sozusagen mit einer jungen, aufstrebenden Firma in die Rolle des Finanzleiters, oder besser gesagt, der Finanzleiterin, hineinwachsen.«

»Wirbt mir hier gerade jemand meine beste Mitarbeiterin ab?«, lacht Frederic, der gerade mit Leon auf dem Arm das Wohnzimmer betritt.

Anna hält noch ihren Mittagsschlaf.

»Hallo Frederic!« Der Ton zwischen ihnen ist erstaunlich warm und herzlich, irgendwie verwunderlich.

»Ihr kennt euch?«, frage ich. Da fällt mir ein, sie haben ja zusammen Abitur gemacht. Aber warum sind sie so vertraut?

Frederic scheint mein Erstaunen auch zu verwundern und wendet sich mit fragendem Blick an Lukas. »Sie weiß es gar nicht?«

»Was weiß ich nicht?«, frage ich Lukas.

Lukas wird rot. Ich habe noch nie gesehen, dass Lukas rot wird, kann mich jedenfalls nicht erinnern.

»Hm, ja, nee«, druckst er rum.

»Also«, fängt Frederic an, holt erst mal tief Luft. »Sie sollte es wohl erfahren?« Mit fragendem Blick wendet er sich noch mal an Lukas. Der nickt nur – er scheint peinlich berührt.

Frederic sieht mich entschuldigend an. »Es tut mir leid, wenn ich das gewusst hätte! Ich bin davon ausgegangen, dass du Bescheid weißt. Eigentlich habe ich gerade dich ausgewählt, weil ich dachte, du hättest weniger Vorurteile. Ohne entsprechende Vorbereitung hätte ich dich doch nie gefragt.«

»Was???«

»Na ja, er meint, dass ich ...«, Lukas grinst verlegen.

Langsam dämmert es mir. Das ist doch wohl nicht möglich! Mein Bruder? Schwul?

»Na ja, die Szene ist hier eine eingeschworene Gemeinde. Hier wird keiner geoutet, der es nicht will. Ich hab mir gedacht, so lange ich keine ernsthafte Beziehung habe ...«

»... musst du unseren Eltern nicht auch noch Kopfschmerzen machen«, beende ich für ihn den Satz.

»So ungefähr«, gibt er etwas zerknirscht zurück.

»Ach du Scheiße! An diesen Gedanken muss ich mich erst gewöhnen«, gebe ich ehrlich zu.

»Und du hast noch keinen festen Freund gehabt?«, frage ich nach einiger Zeit des Schweigens.

»Hm, wenn dus genau wissen willst, war ich die meiste Zeit unglücklich verliebt.«

»Ach, in wen denn?«, kommt es von Frederic und mir im Chor.

»Ist doch egal«, mault er mit unwilligem Gesichtsausdruck.

»Ach komm schon!«, bettle ich. »Das ist ja kaum zum Aushalten, ich bin wirklich neugierig geworden.«

»Ist doch eigentlich egal, Schnee von gestern ... also ... Raphael«, druckst er rum.

Wenn ich jetzt etwas im Mund gehabt hätte, hätte ich mich verschluckt. So bleibt es beim stockenden

Atem oder so was Ähnlichem. So viel Neues auf einmal!

»Also habe ich mir das nicht eingebildet, dass du früher immer eifersüchtig auf uns warst?«, stottere ich ungläubig.

»Ich glaube, da hab ich das noch nicht wirklich gewusst, oder vor mir selbst nicht zugegeben.«

»Oh ha!« Damit leite ich eine allgemeine Schweigeminute ein. Dabei blicken wir alle auf Leon, der versunken mit seinen Bauklötzen spielt. Irgendwie hat er eine nicht zu verleugnende Ähnlichkeit mit Raphael. Ich bin nicht die Einzige, die das gedacht haben muss.

»Weiß Raphael eigentlich, dass er ein Kind hat?«, fragt mich Lukas unvermittelt.

»Woher weißt du ...?«

»Ich hab in Biologie aufgepasst. Ehrlich gesagt zerreißt sich das ganze Dorf darüber das Maul. Leon ist ja praktisch die Miniausgabe von Raphael. Weiß Alex, dass du ihm Hörner aufgesetzt hast? Jetzt mal raus mit der Sprache! Wann hattest du überhaupt die Gelegenheit, Raphael war ja nicht gerade oft da?«

»Zu Frage eins: Nein, ich glaube er weiß es nicht. Zu Frage zwei: Ja, wir haben uns längst darüber ausgesprochen. Frage drei kannst du dir ausrechnen.«

»Übrigens hat Alex mir auch Hörner aufgesetzt!«, füge ich zu meiner Verteidigung hinzu.

»Aber nicht so eindrucksvoll und auffällig. Nicht schlecht Schwesterherz ... Pikant, pikant, in der Hochzeitsnacht. Das hätte ich dir nicht zugetraut«, kontert er frech.

»Ich mir auch nicht. Glaube mir, ich habe mir schon genug Vorwürfe gemacht!«, gebe ich ein wenig beleidigt zurück.

Frederic kommt aus dem Staunen nicht mehr raus. »In dieser Familie scheint man vieles gern unter den Teppich zu kehren, nur um des schönen Scheins willen.«

»Wie gut, dass du überhaupt nichts verheimlichst!«, kommt Lukas' bissige Antwort.

»Touché!«, erwidert Frederic grinsend und hebt zur Verteidigung die Arme.

»Meinst du nicht, Raphael sollte von Leon erfahren?«, kommt Lukas zum Thema zurück.

»Das denke ich schon lange. Aber er ist mit Marie zusammen. Und ich weiß ehrlich gesagt auch gar nicht, wie ich anfangen soll.«

»Hast du eigentlich Gefühle für ihn? Weißt du, ich glaube, das zwischen Marie und Raphael ist mehr so ein Freundschaft-mit-gewissen-Vorzügen-Ding.«

Soll ich jetzt vor ihm Farbe bekennen?

»Nun erzähle es ihm schon«, ermuntert mich Frederic.

Ich beiße auf meine Lippe und nicke. »Ja, ich mag ihn schon. Aber er hat sich damals benommen wie ein Arschloch und ist danach einfach abgehauen.«

»Du kennst ihn doch, er ist manchmal etwas neben der Spur. Ich werde mal mit ihm reden«, verteidigt Lukas ihn.

»Ich weiß nicht, was ich davon halten soll. Wie soll Marie darauf reagieren? Ist Raphael bei Ihr auch so unterkühlt und hält sie immer auf Abstand? Ich glaube langsam, dass er die Frauen nur benutzt.«

»Das sehe ich, ehrlich gesagt, nicht so. Ich kann mir wirklich nicht vorstellen, dass er Frauen benutzt«, beruhigt mich Lukas umgehend. »Das wird im gegenseitigen Einverständnis passieren. Marie ist auch nicht der Typ, der sich die Butter vom Brot nehmen lässt.«

»Also mich ignoriert er immer gründlich, früher war er irgendwie anders. Ich werde Raphael ja bald wiedersehen. In zwei Wochen heiraten Jonas und Jasmin. Wir sind zum Polterabend eingeladen. Dann wird sich ja zeigen, wie er reagiert.«

Jonas und Jasmin heiraten nach nur zehn Monaten Kennenlernphase. Mir wäre das viel zu früh. Aber was solls, bei meiner Hochzeit waren es Jahre, und das Ergebnis ist bekannt. Es gibt eben keine Erfolgsgarantie.

»Er kam immer nur auf dich zu, wenn du zuerst auf ihn zugegangen bist, erinnerst du dich?«, erwidert Lukas. »Ich glaube, zwischen euch gibt es jede Menge zu bereden.« Er fährt sich durchs Haar. »Was ist jetzt eigentlich mit dem Jobangebot?«

»Ich weiß nicht, das muss ich mir noch mal gründlich durch den Kopf gehen lassen«, antworte ich zögernd.

»Ein kleines Bisschen möchte ich auch dazu sagen«, bemerkt Frederic. »Schließlich geht es um eine meiner besten Mitarbeiterinnen.«

»Überleg es dir und lass es mich dann wissen. Du weißt ja, wir hätten immer Verständnis für deine familiäre Situation.« Er lacht und verabschiedet sich von mir mit einem Küsschen. Dann ist er schon wieder verschwunden. Er ist der typische Workaholic, immer auf dem Sprung.

Als Lukas weg ist, rede ich noch in Ruhe mit Frederic über das Angebot. »Du weißt ja, wie froh ich bin, bei dir zu arbeiten.«

»Süße, ich weiß, dass du bei mir unter deinen Möglichkeiten bleibst. Aber übernimm dich nicht. Zwei Jobs, Studium und Kinder. Das ist, selbst bei der Unterstützung, die du von allen Seiten bekommst, viel. Ehrlich gesagt habe ich mich schon ziemlich an dich gewöhnt, würde dich nur ungern hergeben. Privat bereue ich sogar irgendwie ein bisschen, dass ich schwul bin. Ich hätte schon gerne eine Familie.«

Wir grinsen beide.

»Ich genieße eure Anwesenheit und das Leben im Haus«, führt er aus.

»Auch ich habe mich an dich gewöhnt. Du bist ein wirklich guter Freund für mich geworden. Ich will nicht aus deinem Leben verschwinden. Ich kann mir das Ganze ohne dich überhaupt nicht mehr vorstellen. Ich glaube, ich würde den Alltag gar nicht stemmen können. Du bist der starke Rückhalt, mit dem ich meine Träume verwirklichen kann.« Ich lege meine rechte Hand an sein Gesicht und schaue ihm fest in die Augen. »Raphael ist die ganzen Jahre nie aus meinem Kopf verschwunden. Egal was passiert, du wirst immer mein bester männlicher Freund sein. Ja?«

Er erwidert meinen Blick. »Denk dran, das Leben besteht nicht nur aus Arbeit. Schau dir deinen Bruder an.«

Wir nehmen uns beide lange in den Arm und drücken uns fest. Ich möchte ihn wirklich nicht mehr missen!

Kapitel 14 ~ Raphael

Ich hasse diese gesellschaftlichen Verpflichtungen. Lukas, Marie und ich sitzen zusammen an Jonas' und Jasmins Polterabend. Hier auf dem Land wird das noch gefeiert. Sie feiern im Zelt, auf unbequemen Holzbänken, in lupenreiner Bierzeltatmosphäre. Mir ist es mal wieder viel zu laut.

»Also, was meinst du? Wir könnten dich für das Medizinprogramm wirklich gut gebrauchen. Dein Forschungsprojekt läuft doch aus, oder? Im Mietshaus von Jonas' und Jans Eltern ist derzeit eine Wohnung frei. Besser gehts doch gar nicht. Ihr könntet sogar zusammen zur Firma fahren. Du darfst auch so viel mit uns zusammen programmieren, wie du willst. Wir brauchen jemanden, der von Medizin, den Abläufen im Krankenhaus und Programmieren eine Ahnung hat. Es gibt keinen besseren Mitarbeiter für uns als dich«, spricht Lukas mich an.

Er hat recht. Das Forschungsprojekt ist zu Ende. Folgerichtig hätte ich mir längst etwas Neues suchen sollen. Ich hasse Veränderungen grundsätzlich, sie machen mir irgendwie Angst. Also, was will ich eigentlich?

Schwierig zu sagen ... solche Entscheidungen verlangen immer so viel von mir ab. Ich überlege und überlege, meine Gedanken kreisen unendlich lange darum. Eigentlich ist es doch ein Wink des Schicksals, wenn sich so etwas ergibt und wunderbar bequem dazu.

Damit fängt man mich fast immer. Das Leben an sich ist doch schon anstrengend genug. Sogar eine Wohnung hätte ich schon. Es wäre insgesamt auch nicht so viel Neues, sondern wie nach Hause kommen. Warum höre ich nicht auf zu überlegen?

»Ja klar, warum eigentlich nicht? Dann kann ich auch mit euch Chaoten öfter rumhängen«, stimme ich zu.

»Lass uns morgen die weiteren Sachen klären, so um fünfzehn Uhr?« Er blickt mich erwartungsvoll an.

»Ja geht klar. Bei dir oder in der Firma?«

»In der Firma natürlich. Im Moment ist viel zu tun. Es wäre besser, mein Bett dort aufzustellen.«

Ich nicke.

Mein Blick wandert zu Lisa rüber. Zum Polterabend ist sie mit ihrer neuen Flamme gekommen. Lokalprominenz. Der Autoverkäufer hat doch mit uns Abi gemacht. Der ist zu doof, um ein Loch in den Schnee zu pinkeln!

Und wie sie jetzt aussieht, wie ein Model ... passend zum Poser. Na ja, wenn ich ehrlich bin, sieht sie schon ziemlich scharf aus. Ich würde so gerne mit ihr reden ... oder mehr. Aber Villa, fetter Schlitten, Personal, da kann ich sowieso nicht mithalten.

Ich sollte lieber nicht so viel hinübersehen. Also lasse ich meinen Blick schweifen. Mein Gott, ist es hier langweilig. Wie gern würde ich einfach verschwinden. Marie amüsiert sich köstlich. Sie hat sich den ganzen Abend mit Jan unterhalten. Jan ist noch merkwürdiger geworden, seit er wieder in der Stadt ist. Aber Marie scheint das nichts auszumachen. Sie kommt mit jedem schrägen Typen zurecht, ein echtes Smart-Ass.

Für Lukas ist sie die beste Partnerin, die er gewinnen konnte. Eine perfekte Ergänzung zum Geek. Lukas kümmert sich um die Programmierarbeit, sie macht die Kundenbetreuung, Marketing und Akquise. Sie hat ihre Kunden wirklich im Griff, besonders die Männer fressen ihr aus der Hand. Power of Pussy? Vielleicht, aber sie kann auch fachlich mithalten.

Mein Blick wandert trotzdem immer wieder zu Lisa und bleibt dort haften. Sie unterhält sich mit Frederic. Wir haben ihn früher aufgrund seiner Haare und seines Geldes immer Goldie genannt. Was findet sie nur an diesem Mädchen?

»Weißt du, du solltest dich mal mit meiner Schwester unterhalten. Sie hat dir etwas Wichtiges zu sagen«, raunt Lukas mir plötzlich ins Ohr.

Überrascht drehe ich mich zu ihm um. »So, was soll das denn sein?«

»Es ist nichts, das du von mir erfahren solltest. Aber so wie ich das sehe, ist da immer noch etwas zwischen euch. Mehr, als du vielleicht glaubst.«

»Ach, tatsächlich? Für mich sieht das aber ganz anders aus. Sie macht doch einen glücklichen Eindruck, lässt sich von Goldie mit Gold überhäufen«, lästere ich.

»Nicht alles ist so, wie es auf den ersten Blick aussieht. Wie gesagt, du solltest unbedingt mit ihr reden.«

»Hm, weiß nicht.« Was will der denn schon wieder. Vor allem wenns um Lisa geht. Wie mit Kleber fixiert, haftet mein Blick weiter an ihr. »Wann sollte ich sie ansprechen?«

»Nur nicht feige sein, ran an den Feind«, ermuntert mich Lukas.

»Heute? Nein heute geht nicht.«

»Ra ... pha ... el«, ermahnt er mich mit strengem Blick.

Ich sehe, wie sie immer wieder zu mir herüber schielt. Ob das etwas zu bedeuten hat? Ach, lieber keine falschen Hoffnungen machen ...

Jetzt telefoniert sie aufgeregt und sagt danach etwas zu Goldie. Die beiden verschwinden.

Und Tschüss! Puh, noch mal davon gekommen ... hätte sowieso nichts gebracht.

Am Samstag ist die Hochzeit in der Kirche. Als ich hinaustrete, sehe ich die ›happy Patchwork Family‹. Das kann ja wohl nicht wahr sein. Wie angewurzelt bleibe ich stehen ...

Auf Alex' Arm, das Goldlöckchen, das muss Anna sein.

Aber der dunkle Junge, der an Lisas Bein klebt und schüchtern seine kleinen Hände in ihre Hose krallt ... das kann nicht Alex' Sohn sein! Der ist nicht ansatzweise blond. Aber es muss Lisas Kind sein, so wie er sich an sie klammert. Und sie hält auch noch Händchen mit Goldie.

Ihr Mund bleibt offen stehen. Sieht sie erschrocken aus?

Oh Mann, was soll das denn jetzt wieder bedeuten? Ich kann doch nicht etwa ...? Theoretisch ist es schon möglich. Fuck! Wie soll ich reagieren? Sofort bekomme ich wieder diese verdammten Bauchschmerzen. Mein Kopf platzt gleich ...

Soll ich sie ansprechen? Was soll ich sagen? Nein!!! Ich will nicht! Ich muss erst mal alles gründlich überlegen. Wann und vor allem, wo.

»Weiß er es noch gar nicht?«, höre ich Alex fragen.

Immer noch stehe ich wie angewurzelt da. Wenn ich wenigstens richtig atmen könnte. Bitte! Mama! Ich brauche Luft!

Meine Kehle ist so trocken, ich muss schlucken. Ich bin noch immer zu keiner Lösung gekommen. Ich will sprechen, weiß nicht was ... bringe sowieso keinen Ton raus.

Nein! Nein! Nein! Ich kann jetzt nicht entscheiden, was ich machen soll! Marie! Warum hilfst du mir nicht? Marie blickt zwischen mir und Lisa hin und her.

Mein Herz fängt an zu rasen. Ich habe schon öfter Panikattacken bekommen. Ich muss jetzt weg! Sofort! Rasch drehe ich mich um und fange an zu laufen. Ich weiß nicht wohin ..., ist auch unwichtig!

Glücklicherweise bin ich gut trainiert, aber trotzdem viel zu schnell. Nach ein paar Kilometern bekomme ich kaum mehr Luft. Meine Lungen brennen, ein metallischer Geschmack füllt meinen Mund. Ich bin gezwungen, langsamer zu werden, halte schließlich an und ringe vorgebeugt um Luft. Wieso hat sie sich vor der Kirche so aufgebaut? Sie wusste doch, dass ich auch dort war!

Ich glaube zwar nicht an Gott, aber ich sollte Jonas' Trauzeuge sein. Natürlich schlage ich einem Freund so eine Bitte nicht ab. Ich habe ihm aber gesagt, dass ich nicht dahinterstehe. Er auch nicht, hat er mir versichert, er tue es nur für Jasmin. Sie hat sich so eine Hochzeit gewünscht und er tut ihr diesen Gefallen.

Manchmal verstehe ich auch die Männer nicht. Lisa verstehe ich überhaupt nicht mehr. ICH VERSTEHE GAR NICHTS MEHR! Wieso ist das Nachdenken über andere immer so anstrengend? Ich will nach Hause! Sofort!

Ein Auto hält hinter mir. Lukas sitzt am Steuer.

»Steig ein«, befiehlt er.

Ich reibe mir mit den Handflächen über das verschwitzte Gesicht und schüttele den Kopf.

»Ich muss mit dir reden!«, sagt er eindringlich.

Zögernd steige ich zu ihm ins Auto »Und jetzt?«, frage ich.

»Weiß ich auch nicht. Wie ist Lisa nur auf diese bescheuerte Idee gekommen? Ich verstehe auch nicht, wie ihr immer so bescheuerte Aktionen einfallen. Frauen eben ...«, stöhnt er.

»Du sprichst mir aus der Seele, Alter!«

»Lass uns einen trinken gehen«, seufzt er resigniert.

»Die beste Idee des Tages!« Trinken hindert mich daran, zu viel nachzudenken, und baut Stress ab.

»Dir ist aber klar, dass Alkohol keine Lösung ist«, lässt er unseren alten Spruch los.

»Schon klar«, erwidere ich. »Kein Alkohol aber auch nicht!«

Die nächste Dorfkneipe ist unsere. Wir beide sind die einzigen Gäste. Sie wirkt, als hätte sie schon bessere Tage gesehen.

Mit alten gelben Vorhängen, die auch nach Durchsetzung des Rauchverbotes noch kein Wasser gesehen haben. Die Fenster sind blind und ungewaschen und auf der Fensterbank stehen ein paar halb vertrocknete Zimmerpflanzen. Der muffige Geruch rührt sicher von der schlechten Sauberkeit. Und der ältere, unfreundliche Wirt fügt sich nahtlos in das ungemütliche Ambiente. Aber mir ist die Atmosphäre ziemlich egal. Ich lege selbst nicht so großen Wert auf Ordnung und Sauberkeit.

Lukas trinkt ein Bier, ich einen doppelten Scotch. Hochprozentiges tötet ja auch die meisten Bakterien. Nachdem ich das erste Glas in einem Zug runtergekippt habe, bestelle ich direkt ein weitere und wende ich mich an Lukas.

»Das Kind ist meins, oder? Das wars, was ich wissen sollte?«

»Jep.«

»Fuck!«

»Jep!«

»Und jetzt?«

»K.P.«

»Ich hab auch keinen Plan. Warum hat sie mir nie etwas gesagt?«

»Keine Ahnung, wer versteht schon Frauen? Ich glaube, es war ihr peinlich.«

»Ich war ihr peinlich?«

»Nein, sie hält dich für ein eiskaltes Arschloch. Du würdest Frauen nur benutzen, hat sie zu mir gesagt.«

»Shit!«

»Jep!«

»Wie soll ich das denn jetzt angehen? Du weißt ja, ich kann über so was nicht reden!«

Es folgt eine lange Pause. Ich nutze sie dazu, den zweiten Whisky zu kippen und noch einen zu bestellen.

Mit Lukas kann man wirklich gut über Gefühle reden.

»Was sagt Marie dazu? Vielleicht weiß sie ja, was zu tun ist«, sagt er dann schließlich.

Mein Gehirn läuft auf Hochtouren. Marie könnte vielleicht wirklich wissen, was zu tun ist. Sie hat mir so viel erklärt. Über Lisa hab ich mit ihr aber noch nicht gesprochen, wird wohl Zeit.

Ich kippe meinen dritten Whisky runter. »Lass uns zurückgehen. Du hast recht. Marie kann bestimmt was dazu sagen. Ich will ja auch nicht die Hochzeit ruinieren!«

Trotz des vielen Whiskys ist mir ziemlich mulmig, als wir uns auf den Weg machen.

Bei der Hochzeitsfeier angekommen, sehe ich Marie eilig auf mich zukommen. In ihrem Gesicht kann ich die Gefühle nicht erkennen.

Sorge? Trauer? Ernst? Möglicherweise eine komische Mischung.

Innerlich zucke ich mit den Schultern. Also nehme ich sie erst einmal in den Arm. Ich kann ja drauf verzichten, aber ich habe dazugelernt! Frauen werden gerne in den Arm genommen, weil sie sich dann sicher, geliebt und geborgen fühlen. Besonders gut ist es, wenn ich sie fest drücke.

»Alles Okay?«, fragt sie.

»Geht so«, krächze ich, dann muss ich schlucken und mich räuspern. »Können wir mal reden?«

»Ja klar, wollte ich gerade vorschlagen. Komm Süßer, lass uns in die ruhige Ecke dort gehen.«

Wir setzen uns gegenüber an den kleinen Tisch des ruhigen Nebenraumes.

»Also, Lisa sah ziemlich geschockt aus.« Das erklärt sie mir mit ganz ruhiger Mine und gleich werde ich auch ruhiger. »Mit so deiner Reaktion hat sie wohl nicht gerechnet.«

Dann legt sie ihre Hand auf meinen Unterarm. »Ich bin ja nicht besonders gut in Vererbungslehre. Aber wenn der Blonde mit dem Mädchen auf dem Arm dieser Alex ist, dann kann das Kind an Lisas Bein, von dem ich ausgehe, dass es sich um Leon handelt, nicht seines sein. Und wenn ich eure Reaktionen haarscharf auswerte, kombiniere ich mal, du bist der Vater. Mit Verlaub, dieses Kind ist eine Miniausgabe von dir.«

»Marie ich bin ganz durcheinander. Ich wusste nichts davon, das musst du mir glauben. Lukas hat es mir eben erst gesagt.«

»Ich finde das irgendwie auch komisch. Ich meine, dir auf diese Art dein Kind zu präsentieren, mit der Unterstützung von zwei Männern. Einer davon der gehörnte Ex-Ehemann ... das wirkt schon ziemlich komisch. Wann ist die Geschichte denn passiert?«

»Das Kind kann nur in ihrer Hochzeitsnacht gezeugt worden sein. Aber Alex hat sie auch schon vor
der Hochzeit betrogen. Und er scheint ja über alles
Bescheid zu wissen, das hast du ja auch gehört.«

Marie zieht scharf die Luft ein. »Crazy Shit!«, sagt
sie leise. »Magst du sie?«, fragt sie nach einer Pause.

»Seit ich denken kann! Sie ist für mich die schönste Frau. Ich wollte ihr das immer sagen, aber dann
kam dieser Primitivling Alex und sie hat ihn genommen.«

»Shit«, sagt Marie.

»Marie, was soll ich machen? Ich weiß es nicht,
sag du. Lukas meint, sie hält mich für ein eiskaltes
Arschloch.«

»Das ist wirklich ein verfluchter Mist! Das kann
man einfach nicht anders sagen. Ich weiß auch
nicht, Süßer. Ich kann ja mal versuchen, ihr zu erklären, dass du kein eiskaltes Arschloch bist. Eins muss
dir dabei aber klar sein, das mit uns ist dann zu
Ende.«

Jetzt bekomme ich Angst. Sie kriecht mir den Rücken hoch und schnürt meinen Brustkorb ein. Ich
brauche Marie doch! Ich brauche jemanden, den ich
fragen kann. »Ich mag dich, Marie. Was soll ich ohne
dich machen?«

Sie nimmt meine Hände in ihre. »Ich mag dich
auch, mein Süßer. Wer kann dich nicht mögen. Natürlich bleiben wir Freunde.« Mit einem leisen Seufzer senkt sie den Blick.

Ob sie traurig ist? Es ist nicht gut, traurig zu sein.
Wenn ein Mensch traurig ist, soll man ihn trösten
und nicht weggehen.

»Bist du jetzt traurig?« Ich muss das wissen, damit ich sie trösten kann.

»Ein bisschen«, meint sie und nickt.

Dann nimmt sie mein Gesicht in beide Hände und schaut mich an. »Das mit uns ist schon etwas Besonderes, weißt du. Aber wir lieben uns beide einfach nicht genug ... Es fühlt sich nicht richtig an. Du gehörst zu deinem Kind und der Frau, die du liebst.«

So, wie ich das sehe, tröstet sie jetzt mich. Sie küsst mich lange auf die Lippen und ich sehe Tränen in ihren Augen.

»Du kannst immer zum Reden kommen, wenn du möchtest.« Ihre Stimme klingt so merkwürdig.

In mir wächst Unbehagen. Ich weiß nicht, was jetzt schon wieder auf mich zukommt. Niemand kennt meine Angst vor dem Unbekannten besser als sie.

Unbeirrt wischt sie sich die Tränen aus den Augenwinkeln. »Ich glaube, wir sollten endlich zum Essen gehen. Die anderen sind schon dabei.«

Ohne noch etwas zu sagen, gehen wir zurück zur Hochzeitsgesellschaft.

Es ist kaum zu glauben, aber auf dem Polterabend konnte ich Raphael wieder nicht sprechen. Christine rief an, Anna bekam plötzlich Fieber. Da mussten wir natürlich sofort nach Hause fahren.

Die einzige Möglichkeit, ihn noch zu erwischen, bevor er wieder fährt, ist jetzt die Hochzeit.

Wir sind nicht zur Hochzeitsfeier von Jasmin und Jonas eingeladen, nur die Familienangehörigen und Trauzeugen. Jonas wollte es so, als Ausgleich für die kirchliche Trauung, die wiederum Jasmin unbedingt wollte. Deshalb bin ich gekommen, um nach der Kirche dem Paar zu gratulieren. So ziemlich das ganze Dorf hat sich hier versammelt.

Wir müssen die Kinder mitnehmen, weil Christine und Gerd an ihrem freien Wochenende weggefahren sind. Frederic nimmt Anna auf den Arm und Leon an die Hand. Er bleibt zurück, weil ich mir Raphael schnappen will.

Er hat ein Recht darauf, es zu erfahren, meint Frederic und hat seine Unterstützung angeboten. Ich muss ihm schweren Herzens recht geben und endlich in diesen sauren Apfel beißen.

Die Kirchenglocken läuten, gleich kommt die Hochzeitsgesellschaft.

Jetzt geht alles so schnell!

Ich entdecke Alex. Anna entdeckt ihn ebenfalls. Er und seine Tochter sind ein Herz und eine Seele. Anna fängt an zu schreien. Sie will auf Alex' Arm, diese kleine Diva. Frederic geht zu meinem Ex und übergibt sie ihm.

Leon macht sich von seiner Hand los und rennt zu mir. Ängstlich klammert er sich an mein Bein.

Die beiden Männer kommen zu mir, um Leon wieder einzufangen.

Da steht plötzlich Raphael vor mir ...

Ich halte den Atem an. Er hat meine Kinder noch nie gesehen, aber sein Gesichtsausdruck verrät mir, dass ihm die Sache sofort klar ist.

Frederic merkt auch gleich, was los ist und ergreift zur Unterstützung meine Hand. Sogar Marie scheint umgehend zu kapieren. Sie blickt besorgt zu Raphael.

Jetzt fühle ich mich wie in einem Albtraum, in dem ich mich bewegen will, aber nicht kann.

»Weiß er es noch gar nicht?«, raunt Alex hinter mir. Das macht das Chaos komplett.

Raphael rennt weg. Hat man da Töne? Was ist das denn jetzt schon wieder für eine Aktion?

Lukas ist der Erste, der nach dem Schock reagiert. Er läuft zu seinem Auto und will Raphael hinterher. Es dauert einige Zeit, bis er vom Parkplatz kommt, denn der Weg ist von Kirchenbesuchern versperrt.

Was soll ich jetzt tun? Ich weiß es nicht! Weitermachen!

Zu Jasmin und Jonas gratulieren gehen ...

So, und jetzt möchte ich bitte, bitte im Boden versinken! Mir ist dieses ganze Drama so peinlich! Meine Eltern tun mir leid, sie haben bei der Show in der ersten Reihe gestanden.

Frederic kommt zu mir, er hat Leon inzwischen wieder auf dem Arm. Er nimmt mich bei der Hand und führt mich zurück zum Auto.

Alex geht mit Anna auf dem Arm hinterher. Die beiden Männer schnallen die Kinder fest. Anna macht natürlich Theater, will bei Alex bleiben.

Er drückt ihr einen Kuss auf die Stirn. »Geht jetzt nicht, Prinzessin«, murmelt er.

Ich lasse mich erschöpft auf den Beifahrersitz fallen. »Wie soll es jetzt nur weitergehen, Frederic?«, stöhne ich und drücke mit Daumen und Zeigefinger meine Nasenwurzel. Ich glaube, es bauen sich heftige Kopfschmerzen auf.

»Ach Süße, ich weiß es auch nicht. Bewundernswert, wie du es schaffst, dich von einer Katastrophe in die Nächste zu manövrieren. Wie kann ich dir nur helfen? Wir überlegen uns zu Hause etwas«, beruhigt er mich.

Zu Hause angekommen, und die Kinder im Bett, kann ich endlich meinen Tränen freien Lauf lassen.

»Im Nachhinein hätte ich wohl doch besser allein fahren sollen«, schluchze ich.

»Hinterher ist man immer schlauer. Man kann das nicht mehr rückgängig machen. Du hast es dir allein nicht zugetraut. Punkt. Wer kann denn ahnen, dass er so extrem reagiert?«

»Kann in meinem Leben eigentlich auch mal irgendetwas glatt laufen?«

»Was soll ich jetzt sagen, Süße? Mein Leben ist auch kein Ponyhof.«

»Aber nicht so eine komplette Katastrophe!«

»Weißt du, es ist nicht gerade einfach, sich einzugestehen, dass man homosexuell ist.«

»Na ja, so richtig hast du das ja auch nicht. Du hast dich noch immer nicht geoutet.«

»Das kommt erschwerend hinzu. Mit Nic gibt es deswegen ständig Diskussionen. Ich kann mich aber einfach nicht dazu durchringen. Ich glaube, du solltest dich erst mal beruhigen und dann die nächste Aktion planen. Aber diesmal so, dass nichts mehr in die Hose gehen kann.«

Nach zwei Flaschen teurem Rotwein und einer Tafel Schokolade werden die Tränen weniger und ich bedeutend ruhiger. Vielleicht ist Alkohol ja manchmal doch eine Lösung ...

Nein, Alkohol ist keine Lösung! Das muss ich mir am nächsten Tag eingestehen. Der Kopf dingelt und ich hab mich wirklich schon fitter gefühlt. Dazu noch dieser Katzenjammer! Da kommt ein Anruf von Marie, sie möchte sich heute Abend mit mir treffen. Auch das noch! Ich bin mit meiner Kraft am Ende.

Wir treffen uns im Froschkönig. Eine ruhige, kleine, gemütliche Kneipe mit Sofas und Sesseln. Im Hintergrund spielt ruhige Musik. Hier können Paare schön kuscheln.

Marie trinkt Wein ... ich Tee. Sie setzt ein süffisantes Grinsen auf. Ich denke, sie hat meine Problemlösungsstrategie durchschaut.

»Grinse ruhig«, sage ich zu ihr. »Also, warum wolltest du mich sehen?«

»Ja«, erwidert sie und setzt schnell wieder eine ernste Miene auf. »Wie fang ich jetzt am besten an? Liebst du Raphael?«

Na, die kommt ja schnell zum Punkt! Was hat sie denn vor? Da rücke ich wohl besser mit der Wahrheit raus.

»Er geht mir nicht aus dem Kopf seit meiner Hochzeitsnacht. Das Ergebnis habe ich jeden Tag vor Augen, wie du offensichtlich schon erkannt hast. Also ja ... Soll ich ihn in Ruhe lassen?«

Prüfend sehe ich sie an. Sie verzieht keine Miene und wartet wohl auf weitere Erklärungen von mir.

»Keine Angst! Du hast ja gesehen, er rennt sowieso sofort weg. Dasselbe hat er auch schon in der Hochzeitsnacht gemacht. Auch wenn das viele nicht glauben wollen, er ist ein eiskaltes Arschloch.«

»Nein, im Gegenteil.«

Na, die legt sich ja schön für ihn ins Zeug.

»Du solltest unbedingt ein Treffen mit ihm vereinbaren. Aber vorher muss ich dir noch etwas erklären. Es hat einen besonderen Grund, warum Raphael manchmal wie ein Eisklotz rüberkommt. Hast du schon mal etwas vom Asperger-Syndrom gehört?«, schiebt sie nach.

»Ja, das sind besondere Autisten, nicht wahr?«

»Genau, ich habe bei Raphael einige solcher Asperger-Verhaltensweisen entdeckt«, erklärt sie mir.

»Aber die Autisten sind doch völlig in sich verschlossen? Man kann mit ihnen nicht reden«, entgegne ich und habe dabei den Film ›Rainman‹ im Kopf.

»Asperger haben eine andere Funktionsweise des Gehirns. Wenn normale Menschen analog denken, denken Asperger in reiner Logik, also digital. Ja, nein, ein, aus. Sie sammeln Unmengen von Daten, und dann verarbeiten sie sie. Nur so können sie zu einem Ergebnis kommen. Und das dauert meistens ganz schön lange.«

Jetzt stützt sie ihren Kopf auf, als wäre sie von ihrem eigenen Vortrag erschöpft.

»Sie haben zwar ganz normale Gefühle, können aber keine Bauchentscheidung treffen. Deshalb verstehen sie spontane Gefühlsausbrüche nicht und können auch meistens nicht die Gefühle und Reaktionen anderer nachvollziehen«, fährt sie dennoch fort.

Marie trinkt einen Schluck. »Wenn man die neurotypischen Menschen, das ist Fachsprache, als Weiß bezeichnen würde und die Asperger als Schwarz, so gibt es wohl 500 Shades of Grey. Das nennt man das ASS, Autistisches Symptom Spektrum. Viele Menschen haben solche autistischen Wesenszüge, mehr oder weniger stark«, erklärt sie.

»Aber eigentlich wirkt er doch vollkommen normal«, werfe ich ein.

»Viele von ihnen fallen so erst mal gar nicht auf, wirken höchstens manchmal etwas seltsam. Etliche haben sogar besondere Fähigkeiten entwickelt. Überall, wo logisches Denken gebraucht wird, wirst du sie finden. Zum Beispiel bei Wissenschaftlern, oder auch wo schnell Entscheidungen nach logischen Gesichtspunkten getroffen werden, wie beispielsweise in der Notaufnahme eines Krankenhauses.«

Das ist ja interessant, jetzt leuchtet mir Vieles ein ...

»Da diese Menschen aber soziales Verhalten oft regelrecht Auswendiglernen, sind viele überraschend gute Schauspieler. Wenn man dann genau hinsieht, ist die soziale Kompetenz nicht wirklich spontan.«

»Woher weißt du das alles?«, staune ich.

»Bei meinem Bruder ist die Diagnose von einem informierten Psychologen gestellt worden. Auf einmal war alles klar, unsere ganze Familiengeschichte.«

»Wieso?«

»Zum Beispiel, warum mein Vater immer so introvertiert und kühl war. Wir haben uns das damit erklärt, dass er unter seiner Kühlschrankmutter gelitten hat. Dabei war meine Oma vermutlich selbst Autistin. Frauen machen übrigens nur etwa ein Drittel bis ein Viertel der Asperger-Autisten aus.«

»Warum erzählst du mir das eigentlich alles?«

»Raphael hat mich gebeten, ihm zu helfen. Er traut sich nicht zu, es dir selbst zu erklären. Und bevor jetzt noch eine Katastrophe passiert ...«, antwortet sie und blickt mir dabei in die Augen. »Sie können einem übrigens nicht gut in die Augen schauen«, ergänzt sie.

»Aber du bist doch mit ihm zusammen, willst du ihn nicht mehr?«, frage ich jetzt etwas verwirrt.

»Weißt du, für eine wirklich ernsthafte Beziehung sind mir einfach zu viele Autisten in meiner Familie. Ich liebe ihn wohl auch nicht genug. Und er ... er liebt dich. Außerdem habe ich das Gefühl, dass es zwischen Jan und mir knistert, wenn du verstehst, was ich meine.«

Sie senkt den Kopf, als sie das sagt. Ehrlich gesagt habe ich das Gefühl, das sie ihn gar nicht so leicht ziehen lassen kann.

»Woher weißt du eigentlich, dass er mich liebt?«

»Er hat es mir gesagt, ich habe ihn einfach danach gefragt. Ein Asperger-Autist wird dir immer die Wahrheit sagen. Sie können nicht lügen. Man muss dann nur mit der schonungslosen Wahrheit auch umgehen können. Ironie und Sarkasmus verstehen sie übrigens auch nicht.«

»Und warum warst du mit ihm zusammen, wenn du ihn gar nicht liebst?«

»Weißt du, ich mag ihn ... sehr sogar. Außerdem, sind wir doch mal ehrlich ... Auf einer Skala von eins bis zehn ist sein Aussehen eine glatte Zwölf, oder? Wer stößt so was schon von seiner Bettkante?« Dabei grinst sie mich verschwörerisch an, und kneift ein Auge zu. »Er gehört ja zu den guten Schauspielern und hat schon einige Pornos drauf.«

Sie redet in Rätseln ...

»Was soll das denn schon wieder heißen?«

»Na ja, spontaner Sex klappt nicht so gut, wie du dir ja denken kannst. Also spielen sie Szenen aus Pornos nach, wenn sie denn zu den Schauspielern gehören. Frag ihn mal, Raphael kann sich an jede Szene aus jedem Film, den er je gesehen hat, erinnern. Einige haben übrigens nur eine schwache Libido, oder sind sogar asexuell. Nach dem Motto: Warum willst du noch Sex? Wir haben doch schon Kinder. Er gehört ja Gott sei Dank nicht dazu, wäre doch auch reine Verschwendung oder?«

Eigentlich ist sie ehrlich und wohl ganz in Ordnung. Sie hat so etwas Kumpelhaftes. Das erinnert mich ein bisschen an Johanna. »Marie, ich finde dich wirklich nett. Wollen wir nicht befreundet sein?«

»Ja klar, aber dann sollten wir auch darauf trinken!«, lacht sie etwas verhalten.

Mir ist so gar nicht nach Alkohol, aber ich nicke trotzdem. »Was schlägst du vor?«

»Sambuca, der brennt so schön, und ich mag die Kaffeebohnen.«

»Sambuca ist lecker, damit kann ich mich anfreunden«, erwidere ich.

Wir betrachten dann beide die züngelnden Flammen. Die Bohnen hinterlassen braune Schlieren in der klaren Flüssigkeit.

»Ach, noch etwas. Die meisten Asperger können den bitteren Geschmack von Kaffee nicht leiden. Deshalb ist es ein besonderer Liebesbeweis, wenn sie dir morgens einen Kaffee machen. Überhaupt sind die meisten bei vielen Sachen übersensibel und können besonders leichte Berührungen nur schlecht ertragen. Zuneigung zeigen sie deshalb lieber durch Taten als durch Zärtlichkeiten.«

»Deshalb wirkt er immer so unterkühlt?«, langsam fange ich an zu verstehen.

»Genau. Und die Unsicherheit spielt wohl auch eine Rolle. Die wird dann gerne mal mit Arroganz überspielt.«

Wir löschen die Flammen des Likörs, um nicht zu viel von dem wertvollen Alkohol verbrennen zu lassen.

»Na dann, auf die Freundschaft«, proste ich ihr zu.

»Auf die Liebe und die Treue«, gibt Marie zurück.

Wir trinken mit überkreuzten Armen und lassen den anschließenden Schwesternschaftskuss nicht aus.

»Er liebt dich übrigens schon seit der Sandkastenzeit, also versau es nicht!«

Er liebt mich seit der Sandkastenzeit? Das Gefühl hatte ich aber bisher gar nicht! »Aber er hat angeblich so viele Frauen durch ... und sie anschließend abserviert.« So leicht kann ich meine Zweifel nun doch nicht abschütteln.

»Bei seinen sogenannten Opfern war es wohl genau umgekehrt, sie wollten die Kerbe in ihrem Bettpfosten. Man muss ihm schon direkt sagen, was Sache ist. Er war meistens bereit, aber wenn er keine gemeinsamen Themen findet, ist er schnell gelangweilt.«

Frage an die Briefkastentante: Kann man auch einen Mann sexuell ausbeuten? Im Prinzip ja. Aber wenn er das genießt, ist es wohl eher keine Ausbeutung, oder?

Na ja, möglicherweise hab ich ja damals angefangen ...

»Auf ihn musst du zugehen«, ergänzt sie dann, als ob sie Gedanken lesen könnte. Sie empfiehlt mir ein Buch, um mehr zum Thema zu erfahren.

Das werde ich mir noch heute herunterladen.

Den Rest des Abends unterhalten wir uns über alles Mögliche. Mit ihr kann man wirklich gut reden, fast wie mit Johanna. Wir verabschieden uns später herzlich. Ich sehe ihr ein bisschen wehmütig nach. Dieses Gespräch ist ihr bestimmt nicht leichtgefallen.

Zwei Wochen später zieht Raphael in die Wohnung von Jos Eltern ein. Heute Abend treffen wir uns, wollen reden.

Aber ich kann euch sagen, mir schwebt als Erstes eine ganz spezielle Unterhaltung vor! Ich hatte jetzt Ewigkeiten keinen echten Sex mehr ... und ehrlich gesagt, nur das Eine im Kopf!!!

Kapitel 16 ~ Raphael

Ich bin so aufgeregt, Lisa kommt! Was soll ich nur tun, damit sie mich gern hat? Es ist mir wichtig, dass die Leute mich mögen. Aber bei Lisa will ich unbedingt, dass sie mich lieb hat.

Ob ich Alkohol trinken soll?

Das ist sonst immer meine Patentlösung, dann bin ich nicht mehr ganz so unsicher. Das Problem ist dabei nur, rechtzeitig aufzuhören, bevor mir alles scheißegal wird, weil ich zu voll bin.

Nein, lieber doch kein Alkohol.

Ich biete ihr einfach etwas an, wenn sie kommt. Marie hat mir ein Buch gegeben, da stehen ein paar Regeln drin, damit muss ich mich jetzt durchhangeln.

Mann, bin ich aufgeregt!

Es klingelt. Jetzt muss ich mich überwinden, an die Tür zu gehen.

Nur kein Feigling sein!

Ich öffne. Sie steht da und lächelt. Mehr kann ich nicht erkennen.

Was sie wohl gerade denkt? Sie atmet schneller. Ob sie die Treppe hochgelaufen ist?

»Hi«, sagt sie einfach nur.

»Hi«, antworte ich.

Und jetzt? Was mach ich jetzt?

Gott sei Dank kommt sie auf mich zu, nimmt mich in den Arm. Das ist gut, jetzt weiß ich, was zu tun ist: fest drücken.

Sie riecht so gut.

Viele Frauen riechen nach Äpfeln, Vanille oder irgendwelchen Blumen. Das macht mich manchmal ganz wuschig. Lisa riecht einfach nach Lisa, nach zu Hause angekommen sein.

Ich werde merkwürdigerweise gleich ruhiger. Lange Zeit stehen wir so im Flur und umarmen uns. Sie scheint das gerade zu brauchen. Gut, wenn es ihr gefällt.

»Ich bin froh, dass du wieder hier bist«, sagt sie zu mir und sieht mir in die Augen.

Die Augen anderer Menschen sind mir ziemlich egal, ich sehe da gar nicht hin. Bei Lisa schon, ihre Augen funkeln oder tanzen irgendwie.

Ich bekomme ein merkwürdiges Gefühl.

»Küsst du mich?«, fragt sie.

Küssen mag ich, also lass ich mich nicht lange bitten. Ich senke meinen auf ihren schönen Mund. Ihre Lippen sind weich und warm. Nach einiger Zeit stößt ihre Zunge gegen meine Lippen, möchte in meinen Mund. Langsam kreisen unsere Zungen umeinander, dann wird der Kuss immer leidenschaftlicher.

Wow, das macht mich ganz schön heiß! Lisa stöhnt mir dabei in den Mund.

Sehr gut, die Sache läuft!

»Ich möchte mit dir schlafen!«, raunt sie mir zu. Ihr Atem geht immer schneller, meiner auch.

Das will ich jetzt auch! Wenn ich nur wüsste, was genau sie will?

Wenn ich unsicher bin, soll ich einfach Fragen stellen, hat Marie immer zu mir gesagt.

»Was genau möchtest du?« Eine bessere Frage fällt mir im Moment einfach nicht ein. Mir ist schon klar, dass das blöd klingt.

»Fick mich einfach, egal welcher Porno!«, stöhnt sie.

????? Was soll ich denn jetzt davon halten?

So was hat noch nie eine Frau zu mir gesagt!

Sie weiß doch nicht etwa, dass ich Pornos nachspiele?

»Ich möchte einfach nur deinen Schwanz fühlen, ich hab schon eine Ewigkeit keinen echten Sex mehr gehabt! Bitte! Der letzte gute Sex war mit dir«, flüstert sie.

Jetzt bin ich doch ein bisschen geplättet. »Das war in deiner Hochzeitsnacht!«

»Bingo«, sagt sie. »Aber lass uns das später klären, jetzt will ich einfach nur vögeln!«

Wer bin ich, so ein Angebot auszuschlagen ...

»Merk dir meinen Namen, Baby, du wirst ihn die ganze Nacht schreien!«

Lisa lacht.

War wohl nicht sehr gelungen der Spruch, sie kennt meinen Namen ja auch schon.

Ich ziehe ihr das Shirt über den Kopf. Genauso, wie sie das in den Filmen immer machen, ohne den Kuss länger als nötig zu unterbrechen. Hole ihre schönen Brüste aus dem BH und knete sie.

Währenddessen hat sie mein Hemd und meine Hose aufgeknöpft. Gut, wir ziehen beides schnell aus.

Filmreif ...

Ich leite sie zu meinem Bett. Eigentlich nur die Matratze, denn das Bett muss noch aufgebaut werden.

Es scheint sie nicht zu stören. Sie legt sich hin, also kann ich sie von Jeans und Unterhose befreien. Ich habe nur noch Augen für ihre schönen Titten, sauge an der einen Brustwarze und knete dabei die andere Brust. Wechsle dann die Seiten. Lisa stöhnt.

Super! Das bedeutet, es gefällt ihr!

Sanfte Berührungen gefallen mir nicht, Bisse aber. Ich beiße in die Brust, sie schreit auf und ich bekomme Angst. Fuck! »Hab ich dir wehgetan?«

»Nein, mach einfach weiter! Es ist gut so!«, antwortet sie.

Puh! Es ist gar nicht so einfach, die ganzen Klippen zu umschiffen! Aber es läuft ganz gut ... glaub ich.

Ich prüfe, wie erregt sie ist. Wow, sehr feucht!

Jetzt bin ich selbst auch ganz erregt. Also fange ich an, in sie einzudringen. Gerade will ich sagen: Fuck, Baby bist du eng! Da stelle ich fest: »Du bist ja gar nicht mehr so eng wie damals.«

»Böses Foul! Ich hab zwei Kinder, da kann man nicht mehr so eng sein!«, schnaubt sie.

»Oh Mann, das war wohl verletzend. Bist du mir jetzt böse?«

Schon wieder diese Unsicherheit! Regel Nummer Vier (keine verletzenden Wahrheiten äußern) nicht beachtet, oder Nummer Zwei (nicht ständig kritisieren), oder beide?!

Sie stutzt kurz, schaut mir in die Augen.

Regel Nummer Drei (Blickkontakt halten)!

Sie küsst mich schnell. »Nein! Mach endlich weiter!«

Gott sei Dank! (Auch wenn ich nicht an ihn glaube.)

Offensichtlich hat Marie ihr gut genug erklärt, wie ich ticke (Regel Nummer Sechs, meine Sichtweise), deswegen läuft es jetzt holprig, aber immerhin ...

Wir kommen ziemlich schnell zum Orgasmus. Sie hat wohl wirklich lange keinen Sex mehr gehabt. In der Entspannung sauge ich noch einmal ihren Duft ein.

Das war soo schön! Lisa ist so schön!

Ihre Haare leuchten auch im schwachen Zimmerlicht wieder so. Ich hoffe, für Lisa war es auch schön.

Bei anderen Frauen war es mir ja oft nicht so wichtig, aber Lisa soll es gefallen.

Ich will alles für sie tun! Deshalb jetzt Regel Nummer Zehn (körperliche Nähe) ordentlich ausführen.

Darum liege ich noch mit ihr zusammen und streichle sie lange. Küsse sie auf die Schulter, sie schnurrt zufrieden. Zufrieden bin ich jetzt auch ...

Ich glaube, ich habe es doch ganz gut gemacht.

Teil Eins ist wohl ganz gut gelaufen. Jetzt kommt noch der schwierigere, zweite Teil. Die Aussprache.

Wie fange ich jetzt nur wieder an? Alkohol, genau, meine Idee von vorhin ...

»Möchtest du auch einen Scotch? Ich hab einen ganz weichen da. Die anderen Sachen sind noch in den Umzugskisten.«

»Ja klar, warum nicht«, antwortet sie. »Ich kenn mich mit Whisky eigentlich nicht so gut aus.«

Na, aber das kann man doch ändern! »Dieser wird dir schmecken.«

»Der ist wirklich gut, so schön weich und aromatisch«, sagt sie, nachdem sie einen Schluck genommen hat.

Da ich nicht so recht, weiß was ich sagen soll. Deshalb erkläre ich ihr alles, aber wirklich alles, was ich über Whisky weiß. Sie dreht den Kopf weg und gähnt.

Oh Scheiße, Regel Nummer Eins (keine Monologe) nicht beachtet! Schnell Regel Nummer Sieben (Gefühle erfragen)!

»Langweile ich dich mit meinem Vortrag?«

»Ein bisschen«, lacht sie.

Sie scheint aber nicht böse zu sein. Sonst würde sie doch nicht lachen, oder? Ein erleichterter Seufzer entschlüpft mir.

»Vielleicht sollten wir ein Zeichen vereinbaren, zum Beispiel das Time-out-Zeichen. Dann brauchst du dir keine Sorgen zu machen. Was meinst du?« Sie lächelt dabei so lieb, meine Angst wird immer weniger.

Da fällt mir Regel Nummer Acht (Gefühle äußern) ein. Ich hab sie doch so lieb!

»Ich kann nicht gut über Gefühle reden«, erkläre ich ihr. »Ich möchte dir ein Lied vorspielen, damit kann ich das besser erklären!«

Ich wähle Ed Sheeren auf meinem iPod an, mit ›Thinking Out Loud‹. Danach laufen noch andere meiner Lieblingslieder. Ich hoffe, sie versteht, was ich ihr damit sagen will. Sie bekommt ein bisschen feuchte Augen und küsst mich sanft.

»Du bist doch jetzt nicht traurig, oder?«

Wenn ein Nicht-Autist traurig ist, gilt Regel Nummer Neun (Trösten). Auf keinen Fall weggehen.

Ich lege meine Hand an die Seite ihres schönen Gesichtes und wische mit dem Daumen die Träne weg, wie im Liebesfilm ...

»Nein, mein Schatz, ich bin gerührt«, antwortet sie.

Sie hat mich Schatz genannt!

Dann überkommt mich plötzlich ein kalter Schauer. Sie ist doch mit Goldie zusammen ...

Was war eigentlich mit dem Sex? Mann, ich habe bis jetzt alle Gedanken daran verbannt! Also noch mal Regel Nummer Sieben (Gefühle erfragen).

»Bist du nicht eigentlich mit Goldie zusammen? Was war jetzt mit dem Sex? Du wolltest es mir erklären.«

»Du nennst Frederic Goldie?«, grinst sie.

»Ja, noch von früher. Er war immer so ein Mädchen, mit blonden Haaren und dicker Kohle.«

»Goldie«, und sie macht mit den Fingern Gänsefüßchen. »Ist mein bester Freund.«

Sie nimmt meine Schultern in die Hände. »Er hat mir erlaubt, dich einzuweihen, nur weil er möchte, dass ich glücklich bin!«

Sie sieht mich so feierlich an, dass ich schlucken muss.

»Er ist schwul, stockschwul. Aber die anderen – es geht wohl hauptsächlich um seine Kunden –, sollen es nicht erfahren. Er glaubt, es ist schlecht fürs Geschäft. Ich bin sozusagen seine Tarnung. Er unterstützt mich dafür im Gegenzug, und am Ende bekomme ich Geld. Außer Lukas weiß keiner davon, nicht mal Johanna. Wenn ich ihn nicht hätte, könnte ich nicht studieren. Ich hab ihn mit der Zeit richtig lieb gewonnen. Er ist wirklich nett.«

Irgendetwas stört mich jetzt, also noch mal Regel Nummer Sieben (Gefühle erfragen): »Du hast ihn lieb? Was soll das bedeuten? Ist es nicht unanständig, eine Beziehung vorzutäuschen? Das ist doch so etwas wie eine Lüge?«

Was ist das jetzt für ein Gesichtsausdruck? Ernst?

»Ja, ich hab ihn lieb gewonnen. Aber dich liebe ich. Wir helfen uns gegenseitig, das ist doch nichts Schlimmes.«

»Ich weiß nicht«, murmele ich. So richtig geheuer ist mir das nicht, muss wohl noch mal darüber nachdenken.

Sie küsst mich schon wieder. Daran kann ich mich gewöhnen. Es zeigt, dass sie mich wirklich lieb hat ... glaube ich jedenfalls.

»Ich musste immer an dich denken, die ganze Zeit ... Ich habe mich gefragt, warum du damals so schnell abgehauen bist. Heute weiß ich, warum«, ergänzt sie.

Ja doch ... sie hat mich lieb.

»Meine Ehe«, sie macht wieder Gänsefüßchen mit den Fingern, »war die Hölle. Alex hatte wohl schon immer ein Problem mit der Treue.«

Ich nicke zustimmend. »Das kann man wohl sagen.«

»Eigentlich liebt er Barbie, wollte aber nicht zu ihr stehen. Nach der Hochzeit waren wohl alle ihre Hoffnungen zerplatzt und sie hat mit ihm Schluss gemacht. Ja, und ich hab gemerkt, wie viel du mir bedeutest ... Wir hatten kein Interesse mehr aneinander. Er hat sich schlecht gefühlt, hat mir unbewusst die Schuld an allem gegeben.«

Sie macht eine kurze Pause. »Ich wollte ihn auch nicht mehr, konnte ihn nicht mehr ertragen, musste ständig an dich denken ... An den Sex mit dir in der Hochzeitsnacht ... Alex und ich hatten übrigens keinen Sex in unserer Hochzeitsnacht. Vor der Hochzeit und noch Wochen später ist nichts zwischen uns gelaufen.« Sie seufzt, als sie das sagt.

»Dann ist er irgendwann im Suff übergriffig geworden, wohl um seinen Frust abzubauen. Das erste Mal habe ich ihm noch verziehen, weil ich selbst so ein schlechtes Gewissen hatte. Denn damals ist mir klar geworden, dass ich von dir schwanger war.« Wieder macht sie eine Pause, in der sie nach unten blickt.

»Meine Ehe war vorbei, bevor sie überhaupt angefangen hat. Nach dem zweiten Mal bin ich dann aus dem Schlafzimmer ausgezogen. Aber ich habe mich nicht getraut, ihn zu verlassen«, gesteht sie schließlich und sieht mich an.

»Er hat dir wehgetan? Warum bist du nicht weg?« Mittlerweile baut sich immer mehr Wut in mir auf. Ein Gefühl, das meistens nicht sinnvoll ist ... jetzt aber schon.

»Ich wollte mit dem Kind nicht allein dastehen. Du hast dich nicht gemeldet. Ich hab mich auch nicht getraut, und geschämt ... ziemlich geschämt!«

Puh, ganz schön starker Tobak!

»Aber du warst verheiratet, ich kann mich doch nicht an eine verheiratete Frau ranmachen! Ich wusste ja auch nichts von der Vaterschaft. Warum wolltest du Sex mit mir? Ich hab mich das immer wieder gefragt.«

»Keine Ahnung, es war damals so schön mit dir. Es hat sich so richtig angefühlt. Ich konnte plötzlich an nichts anderes mehr denken. Es war so wie früher, nur schöner. Du bist als dünner, pickeliger Teenager zum Studieren gegangen ... und als schönster Mann, den ich kenne, zurückgekommen«, erklärt sie und fährt sich durch ihr schönes Haar.

»Als wir dann noch so vertraut von damals geredet haben, hab ich auf einmal Schmetterlinge im Bauch gehabt.« Sie gibt mir noch einen Kuss, ihre Augen tanzen wieder so komisch. »Ich wollte dir ja auf der Halloweenparty alles erzählen. Aber du warst so kühl, ich hab gedacht, ich bin dir egal. Und dann bist du auch noch mit Marie weggegangen ...«

Ich werde unruhig. Stress! Jetzt Regel Nummer Acht (Gefühle äußern).

»Du hattest doch ein Kind mit Alex. Das dachte ich jedenfalls. Dann habe ich ihn auch noch mit Barbie im Heu erwischt. Dem hab ich aber einen Strich durch die Rechnung gemacht!«

Cool bleiben, Raphael!

»Die Rechnung hab ich dann bezahlt! In der Nacht ist Anna gezeugt worden. Ich kann mich an nichts mehr erinnern, denn ich hatte mich komplett abgeschossen.«

»Das Schwein! Ich sag ja, er ist ein Primitivling.«

»Ich glaube, so sieht er sich mittlerweile auch. Er hat sich ein Bein ausgerissen, um seine Fehler wieder gutzumachen. Er ist so froh über seine Tochter. Barbie kann nämlich keine Kinder kriegen. Ich denke oft, wie aus so viel Negativem, so etwas Schönes und Unschuldiges entstehen kann. Ich hab ihm eigentlich schon fast verziehen, denn ich bin ja auch nicht ganz unschuldig an der ganzen Misere.« Sie lehnt sich nachdenklich zurück.

»Stell dir vor, Alex wusste das mit Leon schon lange, hat mich aber nie zur Rede gestellt. Das ganze Dorf hat sich das Maul darüber zerrissen. Meine Retourkutsche, damit meinten sie Leon, wäre gelungene Rache«, ergänzt sie nach einer Pause.

»Aber du wusstest ja nicht, dass Alex fremdgeht, als wir miteinander Sex hatten. Wie kann das Kind dann Rache sein?«

»So denken Menschen nun mal. Vor allem, wenn sie zu viel Zeit haben.«

»Das sind so Sachen, die ich wohl nie verstehen werde.«

»Ja, ich auch nicht. Aber Alex und ich sind jetzt im Reinen. Wir verstehen uns wieder so gut wie vor der Hochzeit.«

Wir schweigen eine Weile, bis sie sich an meinen Hals legt. »Schläfst du noch mal mit mir? Ganz sanft, so wie im Liebesfilm, ja?«, fragt sie leise und sanft.

Wie im Liebesfilm? Das krieg ich hin! Da faltet man die Finger so ineinander.

Hoffentlich streichelt sie mich nicht zu sanft. Davon werde ich immer ganz nervös und bekomm dann immer so ein unangenehmes Kribbeln. Aber sie scheint wirklich zu wissen, was ich mag. Es läuft super ...

»Ich liebe dich«, sagt sie.

Ich glaub, das hab ich wieder ganz gut hinbekommen! Ich werde immer ruhiger ...

So glücklich war ich schon lange nicht mehr, ich könnte die ganze Welt umarmen!

Auf dem Weg mit dem Auto nach Hause denke ich noch einmal an die schöne Nacht. Ich war so unsicher ... er aber auch.

Man merkt ihm seine Sensibilität so an, unwiderstehlich ...

Man hat es ihm angemerkt, er wollte ALLES richtig machen. Gott sei Dank hatte ich mich vorher gut informiert, sonst hätte ich sicher ein paarmal gestutzt. Ich muss ihm schon genau sagen, was ich mir wünsche.

Zugegeben, ich hab mich etwas verwöhnen lassen. Ich muss noch mehr erkunden, was er sich wünscht, was genau ihm gefällt. Aber so sollte es doch eigentlich auch bei Nicht-Autisten sein, sagen, was man sich wünscht.

Wenn ich Alex gefragt habe, was er sich wünscht, kam immer nur: Nimm ihn in den Mund, Baby ...

Bah! Er hätte sich ruhig mehr einfallen lassen können. Überhaupt war der Sex mit Alex nicht so gut.

Zwar fehlen mir mehr Vergleichsmöglichkeiten, aber wichtig ist doch, dass man sich gut und zufrieden fühlt, hinterher, oder? Und genau so fühle ich mich jetzt: Zutiefst befriedigt ... Obwohl, wenn ich länger darüber nachdenke, ich könnte schon wieder ...

Morgens hat er belegte Brötchen und für mich Kaffee vom Bäcker geholt. Zählt der Liebesbeweis nur, wenn er ihn selber kocht? Die Wohnung sah ja noch ziemlich chaotisch aus. Einen Ordnungsfimmel, so wie viele Autisten, hat er wohl Gott sei Dank nicht. Da möchte ich wohl doch eher einen Chaoten. Damit kann ich besser leben, glaube ich jedenfalls.

Er war so bemüht um mich. Ein tolles Gefühl, so umsorgt zu werden. In dieser Hinsicht war Alex ja ziemlich tiefenentspannt.

Als ich auf die Einfahrt zur Villa biege, knirscht der Kies unter den Reifen. Der Mercedes kommt in die geräumige Garage und ich gehe ins Haus.

Frederic sitzt auf dem Sofa und sieht sich einen alten Rosamunde Pilcher Film im Fernsehen an. Er schaut auf.

»Hallo Süße! Wie ist es gelaufen?«

»Zur Abwechslung einmal gut, sonst wäre ich nicht jetzt erst zu Hause«, erkläre ich mit einem seligen Lächeln. Ich setze mich neben ihm auf das Sofa und lehne meinen Kopf mit einem zufriedenen Seufzer an seine Schulter.

»Sind die Kinder schon beim Mittagsschlaf?«

»Ja, ich war mit ihnen heute Morgen auf dem Spielplatz.«

»Ach, du bist ein Schatz. Danke, vielen Dank! Ich weiß gar nicht, wie ich das wieder gutmachen soll! Was würde ich nur ohne deine Hilfe tun?« Er bekommt ein Küsschen auf die Wange, dann lehne ich mein Kopf wieder an seiner Schulter.

»Ach, wenn du wüsstest, wie viel Spaß mir das macht. Ich denke mit Grauen an den Tag, an dem du ausziehst. Dann ist das ganze Haus wieder so leer«, erwidert er. Er wirkt etwas niedergeschlagen.

»Das steht erst mal nicht zu befürchten. Ich musste Raphael zwar überzeugen, aber irgendwann hat er zugegeben, dass es besser ist, wenn wir erst einmal weiter getrennt wohnen. Deine Tarnung muss ja auch aufrechterhalten werden. Möglicherweise ist es das, was ihn so stört, unser Arrangement. Aber er braucht ja auch seinen Rückzug, laut Regel Nummer Fünf«, erkläre ich ihm.

Er sieht mich fragend an.

»Das steht so in dem Buch, das ich gelesen habe. Autisten brauchen eine Rückzugsmöglichkeit und auch regelmäßigen Rückzug. Du weißt ja, ich habe es dir erklärt, damit sie genügend Zeit zur Verarbeitung haben. Außerdem kann ich auf deine Unterstützung nicht verzichten. Wie soll ich sonst das Studium beenden?«, ergänze ich.

Dann wende ich mich ihm wieder zu und sehe, dass er erleichtert wirkt.

»Du musst noch etwas wissen. Ich habe mich dazu entschlossen, langsam und vorsichtig bei Lukas mit einzusteigen. Ich kann ja immer noch einen Rückzieher machen. Aber das ist eine große Chance für mich. Ich hätte am Anfang sehr viele Freiheiten. Wenn sie die Stelle erst mal mit jemand anderen besetzen, bin ich raus.« Damit er meine Entschlossenheit erkennt, sehe ich ihm fest in die Augen.

»Wohl wahr«, murmelt Frederic. »Du musst selbst wissen, was du tust. Versprich mir aber, die Reißleine zu ziehen, wenn dir das Ganze über den Kopf wächst.«

»Versprochen. Bestimmt.« Dafür hat er wieder ein Küsschen verdient. »Weißt du was? Ich habe das Gefühl, Raphael ist eifersüchtig auf uns. Möglicherweise findet er es auch unmoralisch, was wir hier machen. Weiß der Kuckuck, was so in seinem Kopf vor sich geht.« Irgendwie schien ihm die Sache mit Frederic ja gar nicht zu passen.

»Vielleicht sollten wir ihn mal nach Südfrankreich mitnehmen. Dann können wir uns besser kennenlernen. Auf der Schule haben wir uns ja nicht so gut verstanden.«

Frederic hat doch immer noch die besten Ideen. Ich nicke begeistert.

»Gute Idee, ich werde ihn mal fragen. Wusstest du, dass sie dich Goldie nennen?«

»Wenns nur das wäre, sie haben mich früher ganz schön gemobbt und mich Mädchen genannt.«

»Kinder können wirklich grausam sein, ich hab früher auch bei so was mitgemacht. Nur, um nicht selbst Opfer zu werden. Wir hatten immer Barbie im Visier. Sie hatte die schäbigsten Klamotten an. Heute tut mir das Herz weh, wenn ich daran denke. Ihre Eltern konnten ja nichts dafür, dass sie kein Geld hatten. Und dann hab ich ihr damals auch noch die große Liebe vor der Nase weggeschnappt ... Aber was passiert ist, ist passiert, ich kann nur hoffen, dass sie mir verziehen hat. Sie hat wirklich ein großes Herz.«

»Na ja, am Schluss hat sie ihren Traummann ja doch noch bekommen«, wendet er ein.

»Ja Gott sei Dank, sie passen auch viel besser zusammen.«

Ich lache ihn an, er lacht zurück.

»Es ist eben doch etwas Wahres an dem Spruch: Am Ende wird alles gut, und wenn es noch nicht gut ist, ist es noch nicht zu Ende.«

Da fängt Leon an zu rufen: »Hiffe! Hiffe! Ausselafen!«

Er ist so süß. Aber unsere Pause ist jetzt zu Ende. Definitiv ...

Schnell kommt das Wochenende mit Raphael, Frederic und Dominic in Südfrankreich. Eigentlich sind diese Wochenenden mittlerweile die einzige wirkliche Freizeit, die ich habe. Deshalb bin ich froh, jetzt endlich in den Flieger steigen zu können.

Zu ›Tarnungszwecken‹ muss ich mal wieder neben Frederic sitzen. Raphael sitzt ›unauffällig‹ neben Dominic, der diesmal denselben Flieger nimmt. Die beiden könnten sich ja eigentlich schon mal anfreunden, aber Raphael ist tief in seine Computerzeitschrift versunken.

Sobald wir angekommen sind, setzt bei mir die Entspannung ein. So ein Ortswechsel hilft wirklich beim Abschalten. Ich genieße die Fahrt im Cabrio, denn es ist ziemlich heiß. Am Ziel angekommen, machen wir uns direkt fertig für den Strand.

So verklebt, wie man ist, gleich ins kühle Meer springen, was gibt es Schöneres!

Wir planschen und albern rum. Es ist mittlerweile alles so vertraut mit Ric und Nic. Raphael nutzt die ruhige Bucht mit den wenigen Wellen, um seinen

Sport durchzuziehen. Lange zieht er Bahnen hin und her. Wir drei liegen mittlerweile schon längst wieder am Strand.

Endlich kommt er aus dem Wasser. Wie Daniel Craig im James-Bond-Film, der seine Bond-Girls parodiert, steigt er aus den Fluten. Was für ein Anblick!

Ich halte die Luft an. Selbst Ric und Nic fallen die Augen aus dem Kopf. Die große muskulöse Figur, das schöne Gesicht, die Wassertropfen, die auf dem Körper blitzen und sich über das Sixpack den Weg nach unten bahnen. Er trägt auch keine von diesen lockeren Badeshorts, sondern, ganz der Sportler, eine enge Badehose. Sie lässt erahnen, was er zu bieten hat ...

Einfach göttlich! Und dieses perfekte Wesen gehört zu mir! Hinter dem schönen Gesicht verbirgt sich nicht nur ein äußerst kluger Kopf, sondern im Herzen auch noch die treueste Seele, die mir je begegnet ist.

Nach den schlechten Erfahrungen mit Alex ist mir gerade die Treue so wichtig. Am liebsten möchte ich ihm ein Schild umhängen, auf dem MEINER steht, denn er zieht alle Blicke auf sich.

Streng genommen hat er das eigentlich schon selbst erledigt. Er hat sich nämlich dasselbe Band wie Alex auf den linken Oberarm tätowieren lassen. Oben steht Lisa, oh ja, mein Name! Und darunter Leon mit seinem Geburtsdatum. Er hat versprochen, das Tattoo niemandem zu zeigen, um Rics Tarnung nicht auffliegen zu lassen. Ich bin trotzdem ziemlich stolz, dass er auf diese Art zeigt, was ich ihm bedeute.

Er ist noch ein bisschen außer Atem, als er sich abtrocknet. Zufrieden stelle ich fest, dass Ric und Nic praktisch der Sabber aus dem Mund läuft. Raphael legt sich zu mir auf die Decke. Ich rücke ein bisschen näher an ihn heran. »Du bist heute Abend so was von fällig!«, flüstere ich ihm ins Ohr. Zur Bekräftigung beiße ich ihm noch sanft ins Ohrläppchen. Er bekommt eine Gänsehaut ... Geht doch!

Zum Essen sitzen wir in unserem Lieblingsrestaurant im Hafen. Es ist ein schöner, warmer Abend. Kinder laufen in Gruppen aufgeregt umeinander. Ein kleiner Junge füttert die Fische im Hafenbecken mit Brot. Gleich habe ich ein bisschen Sehnsucht nach meinen Kindern. Aber sie sind bei Alex wirklich besser aufgehoben.

Außerdem könnte ich mich dann nicht so auf Raphael konzentrieren. Wir haben sowieso nicht viel Zeit zusammen. Also gilt das Motto: Qualität statt Quantität.

»Und du willst nicht mehr in der Forschung arbeiten?«, fängt Frederic ein Tischgespräch an und wendet sich an Raphael.

»Nein.«

Nicht so ausführlich mein Schatz.

»Raphael hat schon immer gerne programmiert, meist zusammen mit Lukas. Und LUMA braucht jetzt auch medizinisches Know-how. Schatz, du siehst die ganze Forschung mittlerweile ziemlich kritisch, oder?«, füge ich erklärend hinzu.

Ja, jetzt haben wir ein Thema! Ob es auch Ric und Nic interessiert?

»Ja, durchaus. Die ganze Forschung, wenn sie nicht gerade staatlich finanziert wird, ist doch ziemlich profitorientiert. Das heißt, das Ergebnis ist praktisch vorgegeben. Die Heilung des Menschen steht nicht mehr im Vordergrund, sondern möglichst viel Geld damit zu verdienen. Wenn jetzt aber bei den Untersuchungen nicht das Gewünschte herauskommt, werden, wenn möglich, die Ergebnisse manipuliert. Es ist ziemlich leicht, eine Statistik zu manipulieren. Außerdem finde ich, nirgends gilt der Spruch: ›Die Ratschläge von heute sind die Irrtümer von Morgen‹ so sehr, wie in der Medizin.«

»Wie meinst du das?«, fragt Nic.

Gut, das Thema scheint nicht so schlecht zu sein, hoffe ich jedenfalls. Ich hätte vielleicht eindringlicher davor warnen sollen, dass man einen Asperger nie nach seinem Spezialgebiet fragen sollte. Zumindest nicht, wenn man sich nicht dafür interessiert ...

»Zum Beispiel Helicobacter Pylori. Wie ich finde, ein ziemlich krasser Fall. Für die Entdeckung des Bakteriums bekamen Barry Marshall und John Robin Warren, zwei Australier, 2005 den Nobelpreis für Physiologie und Medizin. Sie hatten ihn schon 1983 entdeckt, wurden aber nicht ernst genommen. Erst im spektakulären Selbstversuch gelang der Durchbruch. Sie haben durch Schlucken des Bakterienstammes eine Gastritis auslösen können. Und durch Schlucken von Antibiotika diese wieder wegbekommen. Wegen der Immunreaktion in der Mucosa schrieb man ihm eine Schuld für Gastritis vom Typ B zu, außerdem für Ulcusbildung und die WHO erkannte auch eine kanzerogene Wirkung an.«

Die Fragezeichen im Gesicht der Zuhörer werden immer größer.

»Bitte kein Fachchinesisch«, werfe ich zögernd ein.

Vielleicht sollte ich doch lieber das Time-out Zeichen machen. Hoffentlich stellen die Zuhörer auf Durchzug, wenn es sie nicht interessiert.

»Tschuldigung. Also, die Magenschleimhaut war gereizt, und diese Bakterien sollten daher also auch für Magenschleimhautentzündung, Magengeschwür und Magenkrebs verantwortlich sein. Deswegen war man dann auch schnell bei der Hand, die munteren Gesellen mit scharfen Medikamenten zu beseitigen, ohne die genaueren Zusammenhänge zu kennen. Man hätte stutzig werden können, denn nur 10 – 15 % der Helicobacter-Träger haben auch tatsächlich ein Magengeschwür entwickelt. Außerdem hatten nicht alle Menschen mit Geschwür auch das Bakterium. Es waren etliche Fragen offen. Angeblich soll die Gletscherleiche Ötzi vor fünftausend Jahren schon diesen Keim in sich getragen haben. Man kommt immer mehr dahin, dass er schon ewig ein Begleiter des menschlichen Magens war. Statistisch gesehen sanken auf jeden Fall die Zahlen der Magengeschwüre und die Häufigkeit von Magenkrebs. Dann entdeckte man, dass zwar die Häufigkeit des Magenausgangsgeschwürs abgenommen hat, aber die Häufigkeit des Mageneingangskrebses zunahm. Wahrscheinlich durch den erhöhten Reflux, äh Sodbrennen, ist in den USA die Krebshäufigkeit in der unteren Speiseröhre seit der Ausrottung um das Sechsfache gestiegen. Ohne Helicobacter, so ergaben weitere

Untersuchungen, hat der Mensch ein höheres Risiko für Übergewicht, Allergien, Zöliakie, Schlaganfall und Tuberkuloseaktivierung. Er gibt den Magenzellen ein bestimmtes Eiweiß, das in die Signalübertragung der Zellen und damit seinen Wachstum, seine Gestalt und seinen Lebenszyklus reguliert. Somit ist er wichtig für die ganze Magenökologie. Die Immunantwort des Körpers wird auch durch diesen Keim mitreguliert. Deswegen kommt es ohne ihn leichter zu Unverträglichkeiten und Allergien. Angeblich stellt man mittlerweile sogar Überlegungen an, den Helicobacter wieder anzusiedeln. Ich finde das ganz schön krass, ich meine, die Jungs haben mal den Nobelpreis dafür bekommen! Die Erforschung unseres Verdauungssystems hat gerade erst angefangen, es gibt täglich neue Erkenntnisse. Zum Beispiel ...«

Uhi, juhi, juhi, jetzt wird es sogar für Interessierte langweilig!

Verzweifelt trete ich ihm unter dem Tisch leicht gegen das Schienbein, mache das Time-out Zeichen und forme lautlos mit dem Mund: »Regel Nummer Eins (keine Monologe).«

Wenn wir noch weiter unten in der Verdauung landen, könnte auch noch mein Appetit leiden.

Gott sei Dank kommt das Essen. Ich glaube Ric und Nic sind auch froh. Ich zeige Raphael, wie man die Fischsuppe isst. Röstbrot mit der Knoblauchzehe bestreichen, Olivenpaste oder Ajoli darauf, Käse in die Suppe und essen. Das Essen ist hier so gut. Und der leckere, erfrischende Rosé Wein, der hier getrunken wird, hebt die Stimmung deutlich an. Wir finden schließlich auch noch ein gemeinsames Thema. Bei

196

den politischen Themen sind wir alle auf einer Wellenlänge. Ein schöner Abend mit angeregter Unterhaltung.

Kapitel 18 ~ Lisa

Gut gelaunt machen wir uns auf den Rückweg. Raphael und ich gehen in die Wohnung, Ric und Nic auf das Boot. Wie habe ich mich auf diesen Moment gefreut.

»Endlich allein«, murmele ich an seine Halsbeuge und nehme erst einmal einen tiefen Zug seines unnachahmlichen Dufts. Keiner riecht besser.

Nach Mann, Leder, Holz und noch so einigem. Ja was eigentlich? Raphael eben. Gut, dass er Parfüm nicht ausstehen kann, denn er ist sehr geruchsempfindlich. Aber wer so gut riecht, braucht auch kein Parfüm.

Er nimmt mich in den Arm. Brav. Er hat ja kein Bedürfnis danach, sondern er macht es, weil er weiß, dass ich dieses Bedürfnis habe. Ich bekomme noch ein Küsschen auf den Kopf.

»Lass uns doch aufs Sofa setzen«, bemerke ich.

Wir bewegen uns in die Richtung.

Die kleine Wohnung besteht nur aus einem größeren Raum, einem kleinen Schlafzimmer sowie einer kleinen Küche. Im winzigen Bad gibt es nur eine Dusche.

Für Frederic ist das natürlich praktisch, dann braucht er nicht die Hafenduschen benutzen.

Das große Wohnzimmerfenster bietet einen Blick auf den Hafen und man kann auch ein kleines Bisschen das Meer sehen. Abends, mit den ganzen Lichtern, ist es einfach schön. Wenn man ein Fenster öffnet, ist es natürlich laut. Aber der Schlafraum liegt ruhig nach hinten raus. Ich fühle mich hier mittlerweile sehr wohl.

Wir brauchen keine Musik, denn unten hat ein Lokal ein Musikerduo zur Unterhaltung engagiert.

Ach, es ist alles so traumhaft ...

Entspannt setzen wir uns aufs Sofa und ich kuschle mich an seine Seite. Er legt den Arm um mich. Einen Augenblick genießen wir nur den Moment.

»Wie gefiel dir der Abend?«

»Ganz nett«, antwortet er lakonisch.

»Nur ganz nett? Erzähl doch ein bisschen mehr.« Man muss ihm immer alles aus der Nase ziehen.

»Das Essen hat gut geschmeckt und die Aussicht aufs Meer war toll. Der Erfolg des Lokals würde sich allerdings erheblich vergrößern, wenn man Maßnahmen gegen den Geräuschpegel ergreifen würde.«

Ich muss schmunzeln. »Ich meinte, was du von Frederic und Dominic hältst.«

»Oh. Ach so. Sie scheinen beide bestens über die politische Landschaft informiert zu sein.«

»Weißt du, ich mag sie inzwischen wirklich gerne. Besonders liebe ich diese Wochenenden hier. Erst, als ich bei Frederic eingezogen bin, hat sich mein Leben wieder gut angefühlt. Ich sage dir das, damit du verstehst, wie wichtig mir das hier ist, wie wichtig mir Ric geworden ist. Durch ihn kann ich studieren, das war immer mein Wunsch. Den habe ich aber immer nach hinten gestellt, brav gemacht, was von mir erwartet wurde. Das möchte ich nie wieder, verstehst du?«

Im Grunde ist mir wichtig, dass Raphael seine Vorbehalte verliert. Menschen ändern, das ist nicht sein Ding.

»Ja, ist schon Okay. Aber das Theater, das ihr da abzieht, ist dämlich. Wieso kann Frederic nicht einfach so sein, wie er ist?«

Das ist die große Frage, wieso können sich die Menschen nicht einfach so akzeptieren, wie sie sind? Asperger-Autisten können das nicht Nachvollziehen, sie manipulieren nicht, sie lügen nicht.

»Er hat einfach Angst, dass sein Geschäft leidet«, versuche ich ihn zu verteidigen. »Womöglich muss er sogar Leute entlassen, wenn der Gewinn einbricht.«

»In einer Zeit, wo sich sogar Politiker outen?«

»Möglicherweise sind seine Ängste übertrieben, aber es muss doch seine Entscheidung bleiben. Er wird von Nic schon genug unter Druck gesetzt. Lass ihm einfach Zeit.«

»Geht mich ja eigentlich auch nichts an.« Aber ich merke, wie es weiter in ihm arbeitet.

»Angst vor Gewinneinbrüchen ... Pfft. Mit dem ganzen materiellen Zeug hier kann ich nichts anfangen. Hier geht es doch nur um Selbstdarstellung, zeigen, was man hat. Ich kann das nicht verstehen. Ich habe das, was ich habe, und mir genügt es. Ich finde, man sollte nicht zufrieden sein mit dem, was man hat, sondern mit dem, was man denkt.«

Oh, eine sehr idealistische Einstellung. Asperger kennen keinen Neid, leben meistens sehr genügsam.

Ich muss zugeben, ich genieße den ganzen Luxus hier. Ich kann auch sehr gut damit leben, dass die Leute neidisch darauf sind.

Ein Mensch, der keinen Neid kennt, da kann man schon ein bisschen neidisch werden.

»Na ja, er hat es ja geerbt. Außerdem ist es die einzige Möglichkeit für ihn, unbelastet mit Dominic zusammen zu sein.«

Ein bisschen fühle ich mich jetzt wie ein schlechterer Mensch. Raphael hat schon hohe moralische Ansprüche und einen starken Sinn für Gerechtigkeit. Natürlich lebt er auch entsprechend. Ich merke, diese Diskussion strengt mich an.

Ich habe wirklich einen Traummann, mit einem liebenswerten Wesen. Zugegeben er ist nicht ganz perfekt, aber wer ist das schon. Es kommt ja nicht darauf an, dass er keine Fehler hat, sondern, dass ich trotz seiner Defizite mit ihm glücklich bin.

So fällt mir meine zweite Mission ein: Ihm zu zeigen, wie sehr ich ihn liebe. Eine heikle Mission, denn ich weiß, dass er Berührungen nur sehr bedingt ertragen kann. Also muss ich ihn dabei genau beobachten.

Ein Kuss ist schon mal ein guter Start. Küssen mag er, damit kann ich schon mal nichts falsch machen.

»Ich bin heute mal dran«, verkünde ich. »Sag mir einfach, wenn es nicht mehr schön für dich ist.«

Das T-Shirt ausziehen ist ebenfalls eine gute Maßnahme. Er zieht auch meins aus, befreit meine Brust aus dem BH. Er liebt meinen Busen, ich kann sehen, wie es ihn erregt, ihn zu berühren. Er knetet ihn sanft, nimmt die Brustwarzen in den Mund und saugt. Ich merke, wie sich mein Unterleib zusammenzieht, ich feucht werde. Schon ist mein Feuer entfacht.

»Lass uns zum Bett gehen«, flüstere ich, und sehe ihm in die Augen. Ich bin erstaunt, man sagt ja Autisten sehen nicht gerne in die Augen, haben eine beschränkte Mimik. Ich kann die Liebe darin aber jetzt genau erkennen.

Wir befreien uns vom Rest der Kleidung, bevor wir uns auf das Bett legen. Jetzt wird es schwieriger ... Ich muss die sanften Küsse Richtung Ziel streng begrenzen. Besser ein paar Bisse, gröbere Sachen. Ich genieße es trotzdem, allein der Geruch ... Zwischendurch immer wieder Küsse. Es ist gar nicht so einfach, in ein Sixpack zu beißen. Jetzt muss ich wohl meine Fantasie spielen lassen.

Gut, dass wir zum Essen Wein getrunken haben, das macht mich mutiger! Denn ich sehe seinen bereits vollkommen harten Schwanz und beschließe, meine Hemmungen zu überwinden, ihm Lust zu schenken. Liebe, die er genießen, fühlen kann. Meiner einschlägigen Literatur sei Dank, habe ich eine Strickanleitung, wie das jetzt anzustellen ist.

Erst einmal fahre ich mit der Zunge an der Unterseite des Penis' entlang und ernte ein schnelleres Atmen. Gut, das war ja gar nicht so schwer, hat mir eigentlich überhaupt nichts ausgemacht. Ich schließe die Augen und küsse mich an seinem Schaft von unten nach oben. Dann werde ich mutiger, gleite mit der Zunge über die Spitze, er stöhnt leise. Gut, das gefällt ihm.

Also jetzt keine halben Sachen, ich nehme ihn in den Mund, fahre einmal mit der Zunge um die Spitze. Jetzt folgt ein derart sexy Knurren, das mir sofort in den Unterleib fährt. Mein Gott macht das Spaß, ihn so zu erregen.

Dieses Geräusch macht mich so an, ich möchte weitermachen. Ich nehme die Hand hinzu, fahre am Schaft auf und ab, den Zungeneinsatz behalte ich bei. Jetzt windet er sich und gibt wieder dieses animalische Knurren von sich. Auch meine Erregung wächst. Alle Register ziehen, lass es mich noch einmal hören ...

Ach ja, ich kann auch noch saugen, jaaah, ich muss selber stöhnen, als er wieder knurrt. Angefeuert von seiner wachsenden Erregung, nehme ich ihn tiefer in den Mund und entlasse ihn wieder. Ja! Das gefällt dir, mein Schatz!

Aber es gibt noch mehr! Mit der anderen Hand stimuliere ich den Hoden, ziehe sanft daran. Das Bändchen, denke ich, die Zunge am Bändchen flattern lassen ... Noch einmal dies tiefe Knurren, lauter als zuvor. Einfach geil!

»Ich bin gleich soweit«, stöhnt er.

Okay, jetzt aber vorsichtig! Ich muss es ja nicht bis zum Ende bringen, auch wenn ich Austern mag und Samen angeblich danach schmeckt.

Ich setze mich auf ihn, versenke seinen Schwanz in mir. Mühelos nehme ich ihn in mir auf. Dieses Gefühl, einfach unbeschreiblich. Sein Gesichtsausdruck, ebenso unbeschreiblich. Ein lautes Stöhnen entfährt mir. Ich lehne mich vor, möchte ihn noch einmal küssen. Unsere Lippen treffen sich und leidenschaftlich erforschen wir unsere Münder.

Dann richte ich mich wieder auf und reite ihn, biege mich nach hinten und stimuliere noch mal den Hoden. Unsere Erregung baut sich weiter auf, steigert sich ins Unendliche ... bis an die Kante. Oh nein, noch nicht!

Ich beuge mich noch mal vor, sehe sein lustverhangenes, schönes Gesicht. Er hat die Augen geschlossen, offenbart seine Erregung. Jetzt öffnet er sie, ich sehe die Liebe in ihnen. Unsere Augen sind verbunden, unsere Körper sind verbunden, unsere Seelen sind verbunden. Liebe machen! Mein Gott, ist das schön ...

Ich küsse ihn noch einmal, diesmal voller Liebe, bringe alle meine Gefühle in den Kuss, fühle seine.

Danach braucht es nur wenige Bewegungen bis zum Orgasmus. Und zwar einen, wie ich ihn noch nie hatte! In langen und intensiven Wellen entlädt er sich. Mein lautes Stöhnen bringt auch ihn so weit.

Ich fühle seine Bewegung und den Erguss in mir. Als die Entspannung einsetzt, küsse ich ihn noch einmal ganz zärtlich und lege meine Stirn an seine.

»Das war gut, danke«, flüstert er einfach nur. Aber ich fühle, ja, ich weiß, er sagt mir damit so viel mehr.

Ich bin jetzt wirklich stolz auf mich, habe mich überwunden, meinen ersten Blowjob.

Es war so schön, hat so viel Spaß gemacht, ihm diese Lust zu bereiten und meine Liebe zu zeigen. Wir sehen uns noch einmal in die Augen. Es scheint ganz natürlich für ihn zu sein, in dieser Situation. Mir sitzt vor Glück ein Kloß im Hals. Noch ein Kuss.

Seine Lippen schmecken so süß! Dieser Augenblick ist einfach vollkommen ...

Ich habe selten den Wunsch, die Zeit anzuhalten, aber jetzt wäre so ein Moment. Harmonie ohne Worte. Ich kuschele mich mit meinem Rücken an ihn, er zieht mich fest in die Arme und küsst noch einmal meinen Hals, meine Schultern. Mit einer Hand streichelt er noch lange meinen Körper, selig gleiten wir beide in einen wunderbaren Schlaf.

Am nächsten Tag, ein Samstag, fahren wir mit dem Cabrio die Küstenstraße von Le Lavandou nach Ramatuelle. Raphael fährt nicht gerne, deshalb steuere ich den Wagen. Ric und Nic sind mit dem Boot unterwegs.

Schön, dass ich jetzt nicht mehr das fünfte Rad am Wagen bin.

Für mich ist diese Straße eine der schönsten Strecken, die ich kenne. Links die Berge, rechts immer wieder das Meer, die Küste aus verschiedenen Perspektiven. Die Straße gesäumt von Blumen, Lavendel, Orangen, Kakteen und noch vieles mehr. Licht und Schatten wechseln sich spielerisch ab. Dies ist definitiv ein Moment, in dem ich den Luxus hemmungslos genieße ...

»Es wäre bestimmt toll, auch einmal mit dem Rennrad diese Strecke abzufahren«, sagt Raphael, als wir einen der vielen Hobbyradfahrer überholen.

»Natürlich, nur ein Sportler kommt auf eine solche Idee. Mir sind die Steigungen auf dieser Strecke viel zu saftig, das ist doch viel zu anstrengend«, winke ich ab.

Ramatuelle ist etwas höher gelegen, von manchen Stellen hat man einen atemberaubenden Blick auf die Küste.

Das Leben kann so schön sein!

Wir essen beide Crêpe und machen uns dann auf den Heimweg, diesmal über die Landstraße, an den Korkeichenwäldern entlang. Auch hier bieten sich einige spektakuläre Blicke.

Abends treffen wir dann auf die anderen beiden Turteltauben, gehen zusammen Essen.

Gott sei Dank ist es ein verlängertes Wochenende, so brauchen wir erst am Montag wieder zurück. Wir nutzen alle zusammen den Sonntag für einen langen Bootsausflug entlang den Inseln. Kein Wunder, dass sich hier auch das offizielle Feriendomizil des französischen Präsidenten befindet.

Luxus ist doch manchmal eine tolle Sache, ich glaube, sogar Raphael weiß ihn in diesem Moment zu schätzen. Das war bestimmt das schönste Wochenende in meinem Leben, wir hatten alle zusammen so viel Spaß!

Kapitel 19 ~ Lisa

Der Alltag hat uns wieder. Hier wartet wie immer viel Arbeit auf mich. Ach, du bist ja selbst schuld Lisa.

Die wenige Freizeit versuche ich, möglichst den Kindern zu widmen. Erst wenn sie im Bett sind, nehme ich mir Zeit für mich. Für die Zeit mit Raphael gilt weiterhin das Motto: Qualität statt Quantität. Frederic ist nach wie vor eine große Stütze in meinem Alltag.

»Ich glaube, Raphael hält dich für zu materiell orientiert. Deshalb würdest du dich nicht outen, so jedenfalls seine Vermutung«, ziehe ich Ric kurz nach unserer Ankunft ins Vertrauen.

»Oh Mann! Weil ich Angst habe, vor allzu hohen Gewinneinbrüchen?«, stöhnt er. »Weißt du, manchmal frage ich mich das auch. Vielleicht bin ich ja wirklich nur feige, aber im Moment kann ich mich einfach nicht dazu durchringen. Ich bin noch nicht so weit.«

»Er denkt auch nicht an die Verantwortung für deine Mitarbeiter. Für ihn dürfen die Menschen einfach so sein, wie sie sind. Deshalb kann er sich auch nicht vorstellen, dass es für dich harten Konsequenzen haben könnte«, ergänze ich meine Erklärungen.

»Im Grunde hat er ja recht. Wenn du irgendwann wieder ausziehst, werde ich mich sowieso entscheiden müssen. Ich kann mir nicht mehr vorstellen, allein in dem großen Haus zu wohnen. Spätestens dann sollte Nic hier einziehen. Irgendwann muss ich sowieso Farbe bekennen.«

»Auf jeden Fall beende ich erst mal das Studium, vorher passiert gar nichts. Ohne deine Unterstützung kann ich das Ding sowieso nicht durchziehen.«

»Na, dann hab ich ja noch eine Galgenfrist«, kommt seine Antwort mit einem zögernden Lächeln.

Ich bin jetzt oft bei Raphael. Er kommt aber auch zu uns, dann spielt er viel mit den Kindern. Wenn er sich mit den Kindern beschäftigt, wählt er meist Spiele, bei denen sie etwas lernen können. Lego spielen alle Drei gerne, aber auch Vorlesen ist gefragt. Leon zeigt schon technisches Interesse. Er ist seinem Vater so ähnlich.

Die Kinder lassen sich von allen drei ›Vätern‹ verwöhnen. Alle sind immer bemüht, ihr Bestes zu geben. Ich finde, ein bisschen sind sie schon zu beneiden. Wir haben auch noch ein gemeinsames Hobby entdeckt: Schachspielen. Gegen Raphael zu spielen, ist wie gegen einen Computer zu spielen. Natürlich gewinnt er fast immer. Oft spielen wir auch mit Ric zusammen, Strategiespiele oder Poker.

Meistens bin ich aber zu kaputt für große Aktivitäten, dann ist Fernsehen angesagt. Da haben wir genügend Filme, die wir beide mögen. Ich darf mich auch an ihn kuscheln, er legt dann den Arm um mich. Er weiß, dass mir das wichtig ist, und bemüht sich jeden Tag. Meistens zeigt er aber seine Zuneigung durch Taten. Was auch immer zu erledigen ist, er ist dabei.

Ich habe Raphael einmal gefragt: »Was fühlst du für mich?«

»Warm«, hat er da geantwortet.

Er kann seine Gefühle eben einfach nicht richtig zum Ausdruck bringen. Also müssen wir andere Wege der Kommunikation finden.

Über Musik oder Filme zu reden, ermöglicht mir tiefe Einblicke in seine Seele. Oft komme ich mir dann wie der Holzklotz vor. Sensibel, treu, bescheiden, tolerant, er empfindet keinen Neid und kann auch nicht absichtlich bösartig oder verletzend sein. Sein Inneres ist genauso schön wie das Äußere.

Bei ihm darf ich einfach sein, wie ich bin. Er wertet nicht. Liebe bedeutet für ihn, die Menschen so zu lieben, wie sie sind.

Ja und dann ist da noch unser körperliches Liebesleben, auch von vielen Stolperfallen durchsetzt. Da hilft nur viel Fantasie und Reden, jede Menge Reden. Viel Austausch über Wünsche und Erwartungen. Wenn sich beide Mühe geben, es wirklich wollen, dann wird das schon funktionieren.

Es muss genügend Liebe da sein, um auch einmal zurückstecken zu können. Aber in welcher erfolgreichen Beziehung ist das nicht so?

Eines Abends sitzen wir gemütlich in seiner Wohnung beisammen und hören Musik. Raphael hat mich für die vielseitigen Aromen von Whisky begeistern können. Wir trinken einen Bourbon, der so stark ist, dass er am besten mit Eiswürfeln getrunken wird. Der Name Bourbon kommt ja von Bourbon-Vanille. Bei diesem Whisky schmeckt man es deutlich.

Beflügelt vom Alkohol steigt eine Idee in mir auf. Wie nützlich meine Literatur doch sein kann.

Ich weiß, Autisten können keine zwei Sachen gleichzeitig machen. Deshalb fällt schon mal das 69-Ding weg. Aber abwechselnd müsste es gehen, mit dezenter Anleitung. Ich nehme Eiswürfel in den Mund, lasse Gaumen, Zunge und Lippen möglichst kühl werden. Währenddessen befreien wir uns schon einmal von den Oberteilen.

»Mach mir jetzt einfach alles nach«, murmle ich so gut es geht, mit den Eiswürfeln im Mund. Dann küsse ich ihn und schiebe ihm dabei die Würfel in den Mund.

Vielleicht kann er die Berührung durch kalte Lippen besser ertragen. In gewisser Weise ist das ja eine stärkere Berührungsqualität. So bahne ich mir meinen Weg vom Hals bis zum Schlüsselbein mit Küssen nach unten. Ein paar kleine Liebesbisse können eigentlich auch nicht schaden. Er stößt wieder dieses sexy Knurren aus.

Sehr gut!

»Jetzt du«, sage ich. »Gib sie mir zurück.« Ich küsse ihn, um die Eiswürfel wieder einzufordern. Er nimmt denselben Weg vom Hals nach unten, heiß und kalt!

Mein Gott, eine ganz neue Erfahrung ...

Meine Erregung dirigiert mich weiter zielstrebig nach unten. Sorgfältig achte ich auf Zeichen des Missfallens. Aber keine Spur, das Knurren mündet in einem Stöhnen. Das läuft ja prima!

Ich bin jetzt dran mit Fühlen. Oohh, das ist ja so gut! Mann, oh, Mann!

Dann ist er wieder dran und ich bin sofort am Ort meiner Sehnsüchte: seinem Sixpack.

Tatsächlich, er kann es ertragen, lässt es mich genießen! Ich fahre mit der Zunge die Rillen lang, unterbrochen von Küssen. Die innere Freude wird von innerem Jubel abgelöst. Dieser Geruch, sein Geruch, macht mich weiter bereit. Auch seine Liebkosungen entfachen eine wahre Hitzewelle.

Er ist ebenfalls bereit, mehr als bereit, wie die Beule in seiner Jeans verrät. Ich befreie ihn von Hose und Shorts, alles, was beengt.

Wie sich der Blowjob mit kaltem Mund wohl anfühlt?

Es ist mein letzter klarer Gedanke, dann übernimmt das Gefühl.

Dann ist es an ihm, auch mich zu befreien. Ich habe den Kopf ganz ausgeschaltet. Vergessen, dass bei uns manches anders ist, bis die Erlösung kommt ... perfekt!!!

Bonuskapitel

»Dominic, ich weiß jetzt nicht, wie ich anfangen soll. Also ... ich ... ich ... habe mit Lisa geredet. Ich ... sie ... sie wird noch bis zum Ende des Studiums bei mir wohnen bleiben«, stottere ich mein Anliegen hinaus. Wie wird er es aufnehmen?

Ich höre, wie meiner großen Liebe am anderen Ende der Leitung der Atem stockt. Ein ungutes Gefühl erfasst mich. Das habe ich immer, wenn etwas ganz fürchterlich in die Hose geht ...

»Was soll das heißen? Was willst du mir damit sagen? Du willst ...? Das kann nicht dein Ernst sein! Sag, dass das nicht wahr ist!« Ich höre, wie die Stimme am anderen Ende des Telefons wütend zittert und schließlich bricht.

Ich tue ihm weh! Was für ein Scheiß Gefühl! Ich will das alles gar nicht, will nicht von Angst getrieben sein.

»Lisa müsste ihren Traum mit dem Studium aufgeben. Sie ist noch nicht so weit, mit Raphael zusammenzuziehen. Ich kann und will sie nicht im Stich lassen. Nicht jetzt, nicht so.«

»Und was ist mit uns?« Er schluckt und räuspert sich, versucht wohl, ein Weinen zu unterdrücken. Fuck!

»Mit uns bleibt alles beim Alten, wie immer. Bitte, lass uns bis zum Ende ihres Studiums einfach so weitermachen.« Immer wenn ich ihn so angefleht habe, hat er bisher Verständnis gezeigt. »Bitte, bitte, komm schon Nic. Ich weiß, dass ich viel von dir verlange, eigentlich zu viel.«

»Das sind noch ganze zweieinhalb Jahre! So lange kann und will ich nicht warten! Wer weiß, ob du dich bis dahin überwinden kannst!« Die Verzweiflung ist Dominics Stimme deutlich anzumerken.

Aber ich bin auch in einer Zwickmühle, was immer ich ihm sage, ich werde einem von beiden wehtun müssen. Lisa verlässt sich auf mich, auf meine Unterstützung. Schließlich habe ich sie damals mit erheblichem Aufwand hierher gelockt, da kann ich sie doch nicht einfach wieder vor die Tür setzen. Sie hat mir so geholfen, meine Neigungen vor der Öffentlichkeit zu verbergen. Sie hat ihre Wohnung und ihr Leben aufgegeben, da kann ich doch jetzt nicht einfach sagen, dass ich es mir anders überlegt habe. Sie ist so lieb und nett, ihre lebhaften Kinder haben endlich diese Totenstille in dieser riesigen Villa beendet. Ich mag mir gar nicht mehr vorstellen, wie es ist, wenn sie wieder auszieht.

»Bitte, gib mir diese Galgenfrist! Ich brauche einfach noch Zeit!«, beschwöre ich ihn. »Mann, ich liebe dich doch! Ich will dir nicht wehtun!«

»Selbst wenn ich wollte, ich kann nicht mehr. Ich geh dabei kaputt, bin ja jetzt schon ein Wrack! Ich kann und will dich nicht wiedersehen! Es ist aus! Endgültig!« Sein Schluchzen zeigt mir, er kann seine Gefühle nicht mehr kontrollieren.

Er hat es getan! Er hat Schluss gemacht mit mir, mit uns. Er hat es tatsächlich getan ...

Alles Blut weicht aus meinem Kopf und mir wird schwindelig.

Da ist er jetzt, der Super-GAU.

Genau das Szenario, vor dem ich mich am meisten gefürchtet habe.

Wie gelähmt halte ich das Telefon in der Hand und bin völlig unfähig, auch nur zu überlegen, was zu tun ist.

Warum kann ich denn nichts tun? Ich muss doch etwas tun! Ich muss ihn überzeugen, weiter durchzuhalten, bei mir zu bleiben. Er kann mich doch nicht verlassen. Wie soll es dann weitergehen?

»Bitte lass mich in Ruhe!«, schreit er krächzend ins Telefon und legt auf.

Meine Knie wackeln wie Pudding. Schweiß bricht aus, und mir wird heiß, dann wieder kalt.

Jetzt ist es so weit, ich habe die ganze Sache vergeigt ... gegen die Wand gefahren. Genau das wollte ich doch immer vermeiden. Und nun bin ich grandios gescheitert. Mit einem Schlag ist alles sinnlos geworden.

Vor Wut über mich und der Welt schmeiße ich das Telefon mit aller Wucht gegen die Wand. Es zerschmettert in seine Einzelteile, genau wie mein Leben.

Ich bin wie gelähmt und innerlich taub. Was jetzt? Kraftlos lasse ich mich aufs Polstersofa sinken. Vollkommen ratlos und erschöpft verberge ich mein Gesicht in den Händen. Vor meinem inneren Auge erscheint Dominic. Meine Seele schmerzt und eine tiefe Sehnsucht nach ihm baut sich auf.

Er ist noch keine Minute aus meinem Leben verschwunden und ich kann es jetzt schon kaum ertragen. Ich weiß wirklich nicht, wie das so einfach passieren konnte. Ich bin ein Idiot, den Bogen so zu überspannen.

Da komme ich wohl nicht mehr raus. Und jetzt? Soll ich ihn noch einmal anrufen? Ich habe mich doch geirrt? Er würde mich auslachen.

Doch Lisa sagen, dass sie ausziehen soll? Wie soll ich ihr meinen plötzlichen Sinneswandel erklären?

Ich habe Nic falsch eingeschätzt. Der Mohr hat seine Schuldigkeit getan, der Mohr kann gehen. So will ich Lisa nicht behandeln. Nein, das kann ich nicht machen.

Geräusche an der Tür sagen mir, Lisa kommt zurück. Normalerweise freue ich mich, die ganze Bande zu begrüßen. Sie freuen sich genauso, mich wiederzusehen. Aber heute kann ich das einfach nicht ertragen.

»Ric«, ruft der kleine Leon, »guck doch mal, ich hab Kaugummi.« Mit seiner kleinen Hand hält er mir drei klebrige Kugeln unter die Nase. Die Farbe der Kugeln hat sich zum großen Teil in seine kleine Hand abgefärbt. »Willst du auch eins?«

Müde schüttle ich meinen Kopf.

Die sportliche Anna ist schon aufs Sofa geklettert. Ihre Hand streicht durch mein Haar. »Ric traubig.«

Ich ringe mir ein Lächeln ab und streiche mit den Fingerrücken über ihre weiche Kinderwange. Sie drückt mir einen klebrigen Kuss auf die Wange.

Einen kurzen Moment lang lenkt mich diese Geste ab, ich lege den Arm um die süße Maus.

Eifersüchtig kommt jetzt auch Leon näher und schlingt mir seine Arme um den Hals. Das Ganze ist so niedlich, aber trösten kann es mich leider gar nicht.

Lisa kommt hinzu. »Ric? Alles in Ordnung mit dir?«

Ich muss schlucken, nicke nur stumm. »Mir ... mir ist nicht gut. Ich glaube, ich gehe besser ins Bett.«

Fluchtartig, ohne noch ein weiteres Wort zu verlieren, verlasse ich das Wohnzimmer. Lisa hat natürlich sofort gemerkt, dass etwas nicht stimmt. Ich schüttle nur den Kopf, als ich mich Richtung Tür schleppe. Ich kann jetzt einfach nicht mit ihr darüber reden.

Die Tage vergehen quälend langsam. Eine Depression hat mich voll im Griff, lähmt meine Glieder. Die meiste Zeit liege ich mit schmerzender Seele und dunklen Gedanken im Bett. Mir schmeckt kein Essen, ich habe keinen Durst, mein Körper verspürt gar nichts. Eine dumpfe Taubheit hat sich wie ein Schatten über mich gelegt. Immer wieder spielen sich die Bilder unserer schönen, gemeinsamen Zeit vor meinem inneren Auge ab.

Wie ich in sein Büro kam, damals, kurz nach dem Tod meiner Eltern. Schlagartig war mir klar gewesen, dass ich für diesen Mann etwas empfinde. Schlagartig hatte ich gewusst, mich selbst zu belügen hatte keinen Sinn mehr. Jahrelang hatte ich versucht, es zu verdrängen, mir sogar Frauen gesucht.

Natürlich haben sie sich nach einiger Zeit verabschiedet, keine war zufrieden und ich sowieso nicht.

Nur meine Eltern meinten wohlwollend, ich werde die Richtige schon noch finden. Es ist ein gewisser Trost, dass sie die Wahrheit bis zu ihrem Tode nicht kannten.

Sie wären sicher sehr enttäuscht von mir gewesen, wenn sie von meiner Neigung erfahren hätten. So ein missratener Sohn ist nicht gerade ein Aushängeschild für unser Geschäft. Ich habe damals alles getan, um nicht auch noch in anderer Hinsicht fehlzuschlagen. Everybodys Darling. Einser-Abi und auch das Studium hätte ich sicher mit Auszeichnung bestanden.

Aber dann hat das Schicksal mit aller Macht zugeschlagen. Nach dem verheerenden Unfall meiner Eltern, die zusammen mit meinen Geschwistern ihr Leben verloren haben, habe ich mein Studium abgebrochen, um den Betrieb in ihrem Sinne weiterzuführen und so ihr Andenken zu bewahren.

Es war sehr schwer, als ich in die Villa zurückkam, in der früher immer etwas los gewesen war, und in der jetzt Totenstille herrschte. Ohne Christine und Gerd, die altgedienten Hausangestellten, hätte ich es hier niemals ausgehalten.

Natürlich waren viele rechtliche Dinge zu regeln. Unsere Firma arbeitet schon lange mit der Anwaltskanzlei zusammen, in der Dominic angestellt ist. Für uns beide war es ein magischer Moment, als wir uns dort das erste Mal sahen. Nach dieser ersten Begegnung mit ihm war dann plötzlich wieder Licht am Horizont. Wie ein Vorhang, der immer weiter ein Fenster freigibt, wenn er langsam beiseite gezogen wird, wurde mein Leben von Tag zu Tag wieder heller.

Dominic fand anfänglich immer wieder Vorwände für erneute Treffen. Ich war damals überglücklich und genoss das Bauchkribbeln. Ich wollte ihm unbedingt näherkommen, wusste aber nicht wie. Ich ahnte schon, dass er auch etwas für mich empfindet, aber sicher war ich mir nicht.

Als er dann auf dem Golfplatz den Ungeschickten mimte, habe ich sofort den Braten gerochen und diese Gelegenheit schnell genutzt. So zeigte ich einem Golfspieler mit Handicap 5 den richtigen Abschlag und wurde mit einem Kuss belohnt.

Ich weiß noch genau, wie er mir sofort in den Unterleib fuhr und ich einen Moment lang alles um mich herum vergessen habe.

Ein Motorengeräusch holte mich zurück in die Wirklichkeit. Schlagartig wurde mir klar, dass ich nie wieder so unvorsichtig sein darf. Unsere Treffen waren selten, aber intensiv. Besonders die Wochenenden in Südfrankreich gehören zu der schönsten Zeit in meinem Leben.

Sein Lachen, das glückliche Funkeln in seinen Augen und seine unglaubliche Schönheit. Seine Liebe, sein Ergebenheit, seine Zärtlichkeit und die Art, wie er mir endlich körperliche Befriedigung verschaffte.

Ich liebe ihn so sehr.

Warum habe ich ihm das eigentlich nie gesagt? Ich Feigling ... als wenn ich mir damit etwas vergeben hätte. Meine ewige Angst entdeckt zu werden ... er hat immer mitgespielt, bei all meinen schrägen Ideen. Er hatte solch eine Geduld mit mir ... Und ich?

Ich habe ihn beharrlich eine Armlänge auf Abstand gehalten. Nur kein Risiko eingehen! Ich war ein Arschloch und er? Er hat mir vergeben ... immer, spätestens nach dem Sex. Ich habe alles für selbstverständlich gehalten. Dabei wusste ich es doch immer, seine Liebe ist nicht selbstverständlich.

Wenn wir zusammen waren, war ich der glücklichste Mensch. Und jetzt soll das alles vorbei sein? Warum? Warum kann ich nicht einfach so sein, wie ich bin? Warum habe ich so eine Scheißangst?

Angst vor der Reaktion der Gesellschaft, wenn ich mich oute. Angst, offen schwul zu leben und damit ein Außenseiter zu sein. Angst mein Geschäft zu schädigen, meine Angestellten entlassen zu müssen.

Raphael meint, das ist heute alles kein Problem mehr, so viele Prominente haben sich doch geoutet. Für ihn ist alles so einfach ...

Sicher, es wird von den meisten akzeptiert, dass es Schwule gibt. Von den meisten ... nicht von allen. Aber so was sucht man sich nicht aus, diese Gefühle sind einfach da. Ich kann doch nichts dagegen tun. Warum schäme ich mich trotzdem? Warum fühle ich mich weniger wert, als andere?

Für viele von uns ist schwul zu sein mittlerweile selbstverständlich, für viele ... nicht für alle. Viele haben den Mut, offen schwul zu leben ... viele ... aber nicht alle.

Meine Gedanken drehen sich im Kreis, jeden Tag, stundenlang. Jedes Mal steigen mir wieder die Tränen auf, jeden Tag, immer wieder.

Irgendwann werde ich aus meinen Gedanken gerissen, weil es an der Schlafzimmertür klopft.

»Frederic, willst du nicht mit uns frühstücken?«

Lisa startet mal wieder einen Versuch, mich aus dem Bett zu locken. Ich kann doch nicht, meine Glieder sind tonnenschwer. Ich fühle mich wie vergiftet.

»Ich habe keinen Hunger, ich stehe später auf!« Meine Stimme klingt schon wieder verheult.

Eigentlich will ich gar nicht aufstehen ... nie mehr. Der Liebeskummer will einfach nicht besser werden. Ich müsste mich längst mal wieder in der Firma blicken lassen, aber irgendwie ist mir alles so egal geworden.

»Frederic, darf ich reinkommen?«, fragt Lisa, während sie schon die Tür geöffnet hat. »Mensch, so kann das mit dir doch nicht weitergehen.«

»Ich weiß, aber ich kann einfach nichts dagegen tun«, während ich das sage, ziehe ich mir die Decke über den Kopf.

Sie zieht sie sanft zurück und streichelt mir übers Haar. Diese Geste tut so gut, sie ist so eine gute Freundin.

»Wenn du ihn so vermisst, warum redet ihr dann nicht noch einmal miteinander?«

»Es ist endgültig aus, er kann nicht mehr. Ich soll ihn in Ruhe lassen, hat er gesagt.«

»Aber warum nur? Warum so plötzlich? Am Wochenende in Südfrankreich wirktet ihr doch noch so glücklich.«

»Wir waren auch glücklich. Aber er ... er wollte immer mehr, als ich ihm geben konnte. Er hat seine Homosexualität zwar nicht unbedingt allen verkündet, aber er hat sich auch nicht versteckt. Er hat sogar seinen konservativen Eltern reinen Wein eingeschenkt ... und ist seitdem nicht mehr bei ihnen gewesen.«

»Er wollte dich zwingen, dass du dich auch outest?«, fragt sie und streichelt meine Wange.

»Darauf läuft es wohl hinaus, ich soll mich zu ihm bekennen. Das, was wir hatten, war ihm wohl einfach nicht genug.«

»Aber er wirkte doch immer so souverän, so cool. Er hat doch alles mitgemacht, was du vorgeschlagen hast.«

»Ich habe mich da wohl getäuscht. Es hat ihm mehr ausgemacht, als er zugegeben hat. Wenn er sich beschwert hat, habe ich ihn immer wieder rumgekriegt. Vielleicht hab ich es auch nicht sehen wollen, dass er leidet. Als du dann mit Raphael zusammenkamst, hat er sich Hoffnungen gemacht, dass du über kurz oder lang ausziehst. Er ist wohl irgendwie eifersüchtig auf das, was wir haben.«

»Oder er ist ganz einfach einsam ... Ihr seht euch schließlich nicht so oft«, sagt Lisa nachdenklich.

Auf einmal schäme ich mich zutiefst. »Du hast sicher recht, ich bin wohl ziemlich egoistisch gewesen. Er wollte mich öfter sehen, ich habe es nicht zugelassen. Dabei möchte ich doch jede Sekunde mit ihm zusammen sein. Ich hab nur immer Angst, entdeckt zu werden. Ihr macht mir die Zeit ohne ihn erträglicher. Er hat niemanden, das hat ihm wohl mehr zu schaffen gemacht, als ich glaubte, glauben wollte. Ich konnte einfach nicht aus meiner Haut. Diesen Mut, offen schwul zu leben, den habe ich einfach nicht. Aber ohne ihn kommt mir mein Leben jetzt sinnlos vor. Ich bin ratlos, was soll ich nur tun?« Mit einem lauten Seufzer schütte ich ihr endlich mein Herz aus.

»Mein Rat ist, rede mit ihm noch einmal. Man sollte immer über seine Gefühle reden, das hat mir kürzlich ein guter Freund geraten«, als sie das sagt, zwinkert sie und grinst. »Und man sollte manchmal auch seine eigenen Ratschläge beherzigen.«

»Was ist, wenn er nichts mehr von mir wissen will?«

»Ehrlich gesagt, das kann ich mir gar nicht vorstellen. Das, was ihr da hattet, was euch verbunden hat, das ist nicht von heute auf morgen vorbei.«

»Was ist, wenn ich mich zu ihm bekenne und mein Geschäft geschädigt wird. Womöglich leidet es so, dass ich Leute entlassen muss. Wer weiß, vielleicht komme ich sogar ins Straucheln, oder noch mehr ...«

»Geht es vielleicht noch eine Nummer schwärzer? So ein Horrorszenario kann ich mir beim besten Willen nicht vorstellen. Glaubst du wirklich, dass dein Geschäft im Moment keinen Schaden nimmt? Wie lange willst du dich hier noch in deinem Unglück wälzen? Wenn du ihn wiederhaben willst, musst du wohl Zugeständnisse machen. Keiner bekommt alles, jeder muss Abstriche in Kauf nehmen. Aber die Abstriche müssen für beide Seiten erträglich sein. Nimm deinen Mut zusammen und springe über deinen Schatten, du wirst sehen was passiert.«

»Und wenn er will, dass du ausziehst?«

»Dann ziehe ich aus, irgendwie bekomme ich das schon hin. Ich möchte wirklich nicht der Grund für diese Trennung sein. Mir liegt viel an dir, an euch.

Ich möchte, dass du glücklich bist, genauso glücklich wie ich, im Moment. Dass alles so gekommen ist, das verdanke ich schließlich dir«, sagt sie und nimmt mich ganz fest in den Arm.

»Und jetzt gehst du duschen und rasierst dich«, fügt sie in einem bestimmenden Ton hinzu, als sie sich wieder von mir trennt. »Ich werde zu Dominic fahren und ihn hierher holen, dann kann ich ihn schon mal etwas vorbereiten. Vielleicht fällt es ihm dann leichter, dir zu verzeihen.«

Ich kann nur dankbar nicken, will mir lieber nicht zu viele Hoffnungen machen.

Als ich in den Badezimmerspiegel sehe, bekomme ich einen Schreck. Ich habe abgenommen, einen ungepflegten Bart und tiefe Ringe unter den immer noch geröteten Augen.

Ja, so sieht ein Wrack aus. Das kann ich niemals mit Duschen und Rasieren wegbekommen.

Egal, soll er doch sehen, wie sehr ich leide. Was habe ich jetzt noch zu verlieren?

Als ich gesäubert auf meinem Polstersofa im Wohnzimmer sitze, verlässt mich wieder der Mut.

Was ist, wenn er mich doch nicht mehr zurücknimmt? Dann weiß ich wirklich nicht, was ich machen soll. Ich werde den Fernseher einschalten, mich hinlegen und warten. Ganz einfach warten, so wie er wohl immer auf mich gewartet hat ...

Ich höre, wie sich die Haustür öffnet. Kurz darauf betreten Nic und Lisa das Wohnzimmer. Die Sonne kommt gerade heraus und wirft Licht in den Raum.

Lisa entfernt sich diskret. »Ich fahr zu meiner Freundin Johanna, später hole ich dann die Kinder von Alex. Ich bin erst heute Abend wieder zurück. Also nutzt die Zeit gut!«

Gespannt richte ich mich auf und sehe zu ihm hinüber. Mein Herz schlägt mir bis zum Hals. Er setzt sich auch auf das Sofa und sieht mich an.

Es wärmt mir das Herz, in dieses schöne Gesicht zu sehen. Ein Gesicht, das auch vom Seelenschmerz gezeichnet ist. Kummer, den ich verursacht habe ...

Wie wird er reagieren? Ob es gut ist, mich ihm so verletzlich zu präsentieren? Er sieht selbst so verletzt aus, genauso, wie ich mich fühle.

Ich kann nicht anders, als mich zusammenzukauern, und die Arme um die angezogenen Beine schlingen. Das habe ich schon als Kind immer gemacht, mich selbst umarmt, um mich, um meine Seele zu schützen. Vor Aufregung wage ich es kaum, zu atmen. Es kostet mich unendlich Kraft, den Kopf zu heben und in sein Gesicht zu blicken.

Er holt tief Luft und sieht mich an. Er scheint genauso aufgeregt zu sein wie ich. Auch er sieht schlecht aus, dünner und mit Ringen unter den Augen. Sein Gesicht ist angespannt, trotzdem lächelt er mich schüchtern an.

Es lässt mich ein wenig entspannen, dass ich nicht als Einziger nervös bin.

Eine gefühlte Ewigkeit sehen wir uns nur in die Augen, nonverbale Kommunikation. Ja, das war schon immer da, dieses Gefühl, verbunden zu sein, ohne Worte dafür wechseln zu müssen. Warum dringt es mir erst jetzt mit aller Macht ins Bewusstsein?

»Ich hab mich gefühlt, wie der Esel, dem sein Reiter eine Möhre an der Angel vor die Nase hält, um ihn voranzutreiben«, sagt er ganz leise zu mir.

»Das ist mir jetzt endlich klar. Aber vor allem ist mir klar, wie sehr ich dich liebe!«, erwidere ich. »Ich war so einsam, wollte aber keine Schwäche zeigen, jetzt bin ich einsamer als vorher.«

Er sieht mich liebevoll an. Dieser Blick geht mir durch Mark und Bein.

»Ich ... liebe dich«, kommt es leise und heiser aus ihm hervor. »Ich kann mir ein Leben ohne dich nicht mehr vorstellen. Ich brauche dich. Ich will dich zurück! Egal wie!«

»Ich war ja so ein Idiot! Ich brauche dich doch auch«, gestehe ich.

Auf einmal möchte ich ihn nur noch festhalten und nie mehr wieder loslassen. Ich klammere meine Arme und Beine um ihn. »Ich liebe dich auch ... so sehr«, flüstere ich ihm zu.

Jetzt ist es endlich raus ... das war doch gar nicht so schwer.

»Das war die schrecklichste Zeit meines Lebens.« Den Kopf so nah an seinem Ohr, nehme ich seinen Geruch wahr. Wie hat der mir doch gefehlt. Die alte Vertrautheit ist sofort wieder da. Das Gefühl der Geborgenheit hüllt meinen Körper in einen Mantel von Glückseligkeit.

Nun wendet auch er sich mir zu und umklammert mich ganz fest. Eine ganze Weile verharren wir still in dieser intensiven Verbindung. Ich genieße es in vollen Zügen, ihn endlich wieder zu spüren. Er entspannt sich. Ich lege mein Gesicht an seinen Hals, das Gefühl ist so vertraut, so himmlisch.

Auf einmal ist es Gewissheit. Jetzt wird alles gut!

»Ich will dich einfach nur öfter sehen, ohne Angst entdeckt zu werden«, sagt er zu mir.

Auf diese Worte habe ich insgeheim gehofft. »Auch ich will dich viel öfter sehen, du Chaot. Ohne dich ist für mich das Leben nicht lebenswert. Ich weiß, ich muss meine Angst überwinden. Lisa hat mich etwas beruhigen können. Ich will dich auch öfter sehen, am liebsten jeden Tag. Ich werde sie bitten, auszuziehen.«

Er rückt von mir ab, legt mir den Zeigefinger unters Kinn und zwingt mich, ihn anzusehen. Sein intensiver Blick lässt einen kurzen Moment der Angst aufflattern.

»Ich will überhaupt nicht, dass Lisa auszieht! Ich mag sie, sehr sogar, und die Kinder mag ich auch. Ich will dich nur öfter sehen. Am liebsten jeden Tag.«

Gott sei Dank! Ich muss Lisa nicht bitten auszuziehen. Mensch, mein Haus ist doch groß genug für uns alle. Ich will einfach nicht mehr ohne ihn sein, keinen Tag.

»Dann weiß ich nur eine Lösung, du ziehst hier ein. Wir wohnen im Elternflügel, und Lisa bleibt mit den Kindern im Kindertrakt. Raphael behält sowieso vorerst seine Wohnung, er wird also nicht immer hier sein. Lisa meint, er braucht einen ruhigen Rückzugsort. Wir müssen die ganze Sache mit dem Outing ja nicht an die große Glocke hängen. Wir werden sehen, was dann passiert.«

Sein Gesicht hellt sich auf, ein strahlendes dankbares Lächeln erscheint. Die Woge des Glücks, die mich jetzt überrollt, ist mit Worten nicht zu beschreiben. Ich sehe die Liebe in seinen Augen funkeln. Aber auch mein Gesicht wird Bände sprechen.

Dann senke ich ganz langsam meinen Mund auf seinen, verliere mich in einem zärtlichen, intensiven Kuss, den ich niemals beenden möchte.

Als wir uns dann endlich doch wieder lösen, sprudelt es aus mir heraus: »Ich gehöre dir, nur dir, mit Haut und Haaren. Du kannst mit mir machen, was du willst, nur verlass mich niemals wieder.«

»Du ahnst nicht, wie sehr ich auf diese Worte gewartet habe«, raunt er mit dunkler Stimme.

Epilog

Lisa, 3 Jahre später:

Wir sind in Frederics Villa geblieben. Platz ist in dem riesigen Haus genug. Ich bestehe natürlich auf eine lächerlich kleine Miete, zu mehr war Frederic nicht zu überreden. Er ist eben doch nicht so ein materialistischer Mensch. Drei Kinderzimmer, je eines für Leon und Anna.

Laura wird in zwei Monaten geboren. Frederic und Marie sollen Paten werden. Raphael ist natürlich nicht so begeistert von der Taufe, er glaubt ja nicht an Gott. Aber für meine Eltern ist so eine Veranstaltung nun mal wichtig. Sie mussten so viele Kröten schlucken, deshalb mache ich das gerne, eigentlich nur für sie.

Die Wohnung hat Raphael behalten, als Rückzugsraum. Manchmal kommt er erst um elf Uhr nachts aus der Firma, dann geht er auch dorthin. Sie sieht immer noch chaotisch aus. Wenn er sich dort zurückzieht, darf ihn niemand stören, das ist so abgemacht. Zu erreichen ist er in dringenden Fällen über unsere WhatsApp-Gruppe: ›Nach Hause telefonieren‹.

Unsere merkwürdige Wohngemeinschaft ist sicher Gegenstand von Klatsch und wilden Geschichten. Mir ist das mittlerweile egal. Ich weiß, ich hatte in meinem Leben nur zwei Männer. Das liegt weit unter dem Durchschnitt. Lass die Leute reden! Sie langweilen sich doch nur. Oder ärgern sich, dass sie sich nicht trauen, ihr Leben so zu führen, wie sie es sich wünschen.

Ich habe das Studium erfolgreich abgeschlossen und unsere Firma läuft wirklich gut. Da ich mittlerweile auch Teilhaber bin, ist die Vereinbarkeit von Beruf und Karriere kein Problem.

Selbstverständlich nimmt dort jeder auch Rücksicht auf Raphaels spezielle Bedürfnisse.

Auch bei Hellmann kümmere ich mich um die Geschäftszahlen. Es gab nur einen kleinen Einbruch im Gewinn, als Dominic zu uns gezogen ist. Das war aber ausschließlich auf die Geschäftsstelle unserer Stadt beschränkt. Dem Rest der Republik scheint das Liebesleben von Frederic ziemlich egal zu sein.

Raphael kümmert sich wirklich rührend um die Kinder. Auch mit Anna hat er genügend gemeinsame Themen gefunden. Mit Laura wird es sicher auch funktionieren. Er hat sich so sehr noch ein Kind gewünscht, bei dem er von Anfang an dabei sein kann.

Er mag ja nicht so viel Neues, Befremdliches, könnte auf Urlaub ganz verzichten. Ich aber nicht! Deshalb fahren wir jetzt auch mit den Kindern zusammen an das Mittelmeer. Kurzurlaub auf dem Boot, mittlerweile sind die Kinder begeistert.

Im Haupturlaub geht es oft nach Italien, Raphaels italienische Familie besuchen. Er ist im Grunde ein echter Familienmensch. Unsere Bambini fühlen sich dort immer sehr wohl. Sie lieben die kindgerechte italienische Küche mit viel Pizza und Pasta. Dieses Familiending muss wohl in den italienischen Genen liegen. Gut auch, es ist immer derselbe Ort, nicht so viel Neues.

Wenn wir zusammen durch die Straßen gehen, sehen uns die Leute oft hinterher. So schöne Menschen sieht man selten. Ja, ich gebe es zu, ich hab mir schon die Sahneschnitte unter den Aspergern geangelt. Ein bisschen so wie in den kitschigen Liebesromanen, die ich so gerne lese.

Aber darauf kommt es im Leben gar nicht an. Wichtig ist es, einen Partner zu finden, mit dessen Fehlern man leben kann, denn keiner von uns ist fehlerfrei. Stellt euch doch nur vor, wie langweilig die Welt wäre, wenn die Menschen alle perfekt wären ...

Ende

Nachwort

Immer wieder erfahre ich, dass der Asperger-Autismus eine Krankheit ist, oder ein Gehirnfehler. Es ist jedoch von einem Syndrom die Rede. Ein Syndrom, ist die Bezeichnung für eine Symptomansammlung ohne bekannte Ursache. Eigentlich handelt es sich hier aber um eine spezielle Form der Gehirnfunktion. Eine aufwändige Datenverarbeitung, basierend auf Logik und Analyse. Einfach eine andere Art, die Welt zu sehen. Dies ermöglicht außergewöhnliche Leistungen, aber leider oft nur in Teilgebieten. Das so genannte Spezialinteresse, das jeder Autist hat.

Wird die zu verarbeitende Datenlast zu groß, schränkt sich die Wahrnehmung ein. Ich finde, ein logischer Grund, warum manche Autisten, zum Beispiel, nur Gesichtsfragmente sehen.

Ich spreche lieber von autistischen Wesenszügen, denn jeder von uns wird solche Eigenheiten in irgendeiner Form bei sich entdecken. Sie sind vererbt. Auch wird eine Theorie vom „extrem männlichen Gehirn" diskutiert.

Je stärker solche Eigenschaften ausgeprägt sind, desto stärker können sie im modernen Alltag eine Behinderung darstellen. In früheren Zeiten brachte die extrem erhöhte Wahrnehmung und Fähigkeit zur Fokussierung einen wertvollen Überlebensvorteil, zum Beispiel bei der Jagd. Die analytische Denkfähigkeit ist auch heute noch in der Wirtschaft stark gefragt. Aufgrund der hohen Leistungsfähigkeit sind sie gefragte Mitarbeiter, wenn sie ein „nützliches" Spezialinteresse haben.

Wenn man die besonderen Eigenschaften dieser Menschen kennt, wird man ihnen die sozialen Schwächen verzeihen, denn sie meinen es niemals böse.

Anmerkungen

Namen und Handlungen dieses Romans sind frei erfunden. Nur die Speisekarte in Südfrankreich existiert wirklich. Für die Figur des Autisten habe ich viel recherchiert, versucht, ihn möglichst realistisch darzustellen.

Meine Recherchequellen:

Gerhard Gaudards Blog
Gedankenwelt eines Autisten

Tony Attwood
Ein Leben mit dem Asperger Syndrom
(hier stehen auch die 10 Regeln)

Eva Daniels
Geliebter Fremder

Thom Hartmann
Eine andere Art die Welt zu sehen:
Das Aufmerksamkeits-Defizit Syndrom

Dr. Anne Katharina Zschocke
Darmbakterien als Schlüssel zur Gesundheit

Ich danke allen, die geholfen haben, dieses Buch fertigzustellen. Insbesondere Gitte, die mich auf das

Autistenthema gebracht hat. Jutta Profijt, ohne die ich wohl nie angefangen hätte zu schreiben. Meinen Testlesern und Testleserinnen für die wertvollen Hinweise und nicht zuletzt Kooky Rooster für "Kooky seufzt" und mehr ...

Weitere Bücher der Autorin

Herz in der Hand – Someone Forever

Die Gay-Romance, ein Ableger von
Somebody Perfect?

Dominic ist sehr verliebt in Frederic. Sein Freund verbirgt seine Homosexualität aber vor der Öffentlichkeit. Als Gerüchte aufkommen, von denen Frederic geschäftliche Nachteile befürchtet, legt der sich eine Fake-Freundin zu. Dominic muss dabei mit Eifersucht und Zurücksetzung kämpfen. Er durchlebt eine rasante Achterbahnfahrt der Gefühle.

Mein etwas anderer Millionärsroman:

Hauptsache Millionär

Geld oder Liebe?

... Ist für Mia keine Frage. Enttäuscht von ihrem reichen Verlobten, setzt sie jetzt ganz auf Unabhängigkeit und Geldverdienen. Leider ist das schwieriger als gedacht, denn sie bekommt nur schlechtbezahlte Praktika. In ihrer Not versucht sie sich als Autorin eines Liebesromans. So ein bisschen Geschreibsel ist doch eine Kleinigkeit und mit Einhaltung der Genre-Regeln ist der Erfolg praktisch garantiert. So ist ihre Vorstellung, als sie sich in ihrem Stamm-Café motiviert an die Arbeit macht. Ben, der denselben Lieblingstisch hat, setzt sich zu ihr. Er trägt T-Shirts mit schrägen Sprüchen, ist selbstbewusst, charmant ... und geht Mia mit seinen neunmalklugen Kommentaren gehörig auf den Wecker. Als er von ihren schriftstellerischen Ambitionen erfährt, bietet er sich selbstlos als Muse an. Und Mia? Die fühlt sie sich auf sonderbare Weise zu ihm hingezogen ...
Rasante Liebesgeschichte mit Witz und Herz.

Der Roman enthält Erotikszenen.

Bücher der YOLO Reihe:

„YOLO, You Only Live Once" ist eine Liebesroman-Reihe, die das Herz berührt. Sie spielt in der reichen Modestadt Düsseldorf und ihrer Umgebung. Die Helden sind Menschen, die ihrem Leben noch einmal eine ganz neue Richtung geben. Im Mittelpunkt stehen dabei die vier Freundinnen, Frauke, Lea, Manuela und Karina, die sich nicht nur bei ihren SatV-Treffen (Sex and the Village) in Liebes- und Lebensfragen beraten. Alle Geschichten sind unabhängig voneinander zu lesen, mit einem Schuss sinnlicher Erotik und natürlich Happy End. In jedem Band gibt es ein Wiedersehen mit den Helden aus den anderen Bänden.

Band 1
Bittersüßer Kaffee
– Elias' Song (Frauke)

Band 2
L(i)ebe lieber ungefährlich
– Tims Geständnis (Lea)

Weitere Bände in Planung.

Bittersüßer Kaffee 1
Band 2: Frauke
(Ist vollkommen unabhängig von den anderen Teilen der YOLO-Reihe zu lesen)

Wer ist dieser Mensch im Cowboy Kostüm, dem Frauke im Karneval begegnet? Lässig, sexy und unverschämt gutaussehend bringt er ihr Gefühlsleben gründlich durcheinander. So lässt sie sich mitreißen und steht schon bald zwischen Cowboy und Ex-Mann. Denn abgeschminkt und ohne Kostüme zeigt sich, dass ihre Lebensentwürfe vollkommen unterschiedlich sind. Welchen Einfluss haben Elias' starke Gefühle auf seine ehrgeizigen Ziele?

Kann man sich die Sehnsucht nach Geborgenheit und Liebe so einfach erfüllen, wenn der siebte Himmel und die Hölle so nah beieinanderliegen? Diese Fragen muss Frauke sich stellen, denn ihre Dämonen schlafen nie.

Gefühlvoll, dramatisch, romantisch, mit einem Hauch Poesie.

»Sehr schöne Geschichte, leise und laut, glücklich und schmerzvoll. Großartiger Alltagskiller, der das Leserherz berührt.«

»Ich mag es, wie die Konflikte des normalen Lebens gegen die Gefühle kämpfen. Und das auf eine so natürliche Art. Sehr gelungen.«

»Alica H. White hat irgendwie so eine eigene Art zu schreiben. Sie lässt alles so lebendig werden, so als wäre man dabei. Ihre Protagonisten sind nie ganz »glatt«. Sie haben Ecken und Kanten, Macken und Fehler. Das lässt sie so realistisch wirken.«

L(i)ebe lieber ungefährlich
Band 2: Lea
(Ist vollkommen unabhängig von den anderen Teilen der YOLO-Reihe zu lesen)

Liebe ist nichts für Feiglinge.

Dieser Typ ist brandgefährlich, denkt Lea, als sie Tim das erste Mal begegnet. Seine geheimnisvolle Ausstrahlung weckt in ihr ein verbotenes Verlangen, denn sie ist bereits verlobt. Ihren Traum von der eigenen, kleinen Familie möchte sie um alles in der Welt bewahren. Unglücklicherweise stellt sich Tim als ihr zukünftiger Chef heraus, mit dem sie auch noch intensiv zusammenarbeiten muss. Zwangsläufig kommt sie ihm dadurch näher und verfällt immer mehr seinem Charme. Ihre Gefühle geraten in einen Strudel, der droht, sie hinunterzuziehen, denn Tim ist ein Frauenjäger und behauptet von sich, er könne nicht lieben.

Emotionsgeladenes Katz und Maus Spiel mit Tiefgang.

Leserstimmen:

»Was für eine Lovestory ... sie ist so prickelnd, erotisch knisternd. Das Gefühl von Red Bull getrunken zu haben, kam dem Lesegefühl sehr nah – unbedingt lesen!«

»Die Handlung der Geschichte bzw. auch die Schreibweise hat mich so in den Bann gezogen, dass ich komplett die Zeit vergessen habe. Ich war emotional und gefühlsmäßig so versunken. Ich hab gelacht, mitgefiebert aber auch den Knoten im Hals bzw. ein mulmiges Bauchgefühl. Die Gefühle spielten einmal quer Beet Achterbahn.«